혼자가

익숙하지
못한

사람

혼자가
익숙하지
못한
사람
예슬
알비

Prologue

제주도의 사려니숲길을 지나는 중이었다. 가을이 오고 있지만 사방은 온통 초록빛이었다. 나무 냄새를 맡고 싶어 창문을 열었더니 상큼하고 청량한 풀냄새가 코끝을 덮쳐왔다. 차에서 흘러나오던 음악 소리가 새 소리와 매미 소리에 뒤섞이는 바람에 음량 버튼을 꾹꾹 눌렀다. 화면에 표시된 숫자는 '24'를 가리키고 있었다.

스물넷. 내가 학교를 졸업하고 처음으로 사회생활을 시작한 나이다. 작은 홍보대행사에서 카피라이터라는 명칭을 달고 글 쓰는 일을 했다. 으리으리한 곳에 취직하고 싶은 욕심은 크게 없었다. 글을 써서 돈을 벌 수 있다면 그걸로 충분했으니까. 생각보다 일도 꽤 재밌고 동료들하고도 잘 맞아서 그만하면 나름 순탄한 직장생활이었다. 그러나 시간이 지날수록 문제점들이 하나둘씩 다가와 내 어깨를 툭툭 두드렸다. '이래도 괜찮겠어?'라고 물으면서.

스물여섯이 막 끝나가고 있었다. 돈도 조금 벌었겠다, 이참에 여행을 실컷 다녀보기로 했다. 한겨울의 유럽은 미치도록 추웠지만 정말 미쳐버릴 정도로 멋진 곳이었다. 감기에 걸려 코를 킁킁 훌쩍이면서 약국에 가는 순간조차도 즐거운 꿈을 꾸고 있는 것 같았다.
여행에서 돌아온 후부터는 방황이 시작됐다. 앞으로 무엇을 하면서 먹고 살아야 할지 갈피가 잡히지 않았기 때문이었다. 하고 싶은 일을 하면서 돈을 벌기는 어렵겠다는 생각이 들기 시작할 즈음, 부모님의 일을 돕기로 하고 회계 일을 배우기 시작했다. 그런데 시험 일주일 전 황당한 일이 벌어졌다. 친구들과 볼링을 치다가 미끄러져 그만 팔이 부러진 것이다.

결국 회계 시험은 보지 못했다. 혹시 이 길이 내 길이 아니라서 이런 일이 벌어진 게 아닐까? 그런 생각을 하면서 뼈가 단단히 잘 붙기만을 기다리는 수밖에 없었다. 하루는 깁스를 껴

안고 빈둥거리면서 텔레비전을 보고 있는데 크로아티아라는 나라가 나오고 있었다. 말이 안 나올 정도로 아름다웠다. 마치 지상낙원을 현실에 그대로 옮겨놓은 것만 같은 그곳의 경치에 도저히 눈을 뗄 수 없었다.
당시 가정환경의 변화로 인해 힘든 시기를 겪고 있던 우리 가족에게 딱 필요한 곳이라고 확신했다. 실제로도 크로아티아는 아름답고 황홀한 마음이 들게 하는 곳이었다. 마치 오랫동안 찾아 헤매던 보물을 발견한 기분이랄까. 엄마가 마음껏 즐거워하는 모습을 보고 있으니 좋으면서도 한편으론 굳은 다짐을 하게 됐다. 호의호식은 그만하기로. 이제 진짜 내 길을 찾아 나서기로 말이다.

언론사에 들어가 기자를 하면서 나는 다시 글을 쓰기 시작했고, 이십 대 후반을 꽉꽉 채우고 난 뒤 일을 그만뒀다. 그리고 다시 글을 쓰기 시작했다. 어떻게든 나는 글을 써야 하는 사람인 거다. 글쓰기가 진짜 나의 길이라고 장담할 순 없지만, 찬찬히 산책하듯이 계속 써내려가다 보면 언젠간 알 수 있을 거고 분명 어딘가에 닿게 될 거라고 믿는다.

내가 만든 이 산책길이, 누군가의 마음에도 닿아 자그마한 물결을 일으키며 반짝거릴 수 있기를 바라본다.

다감한 가을의 햇살 아래에서, 예슬

Contents

01

한 치 앞도

정해진 것 없는 날에

한 치 앞도
정해진 것 없는
나날을
보내고 있지만

더는 나에게
미안하지 않을 거고.

의심하지 않을 거고
Tomoroo
SHIMANO

어떤 영화보다
아름답고 멋진 일

"세상을 보고 무수한 장애물을 넘어 벽을 허물고 더 가까이 다가가 서로를 알아가고 느끼는 것. 그것이 바로 우리가 살아가는 인생의 목적이다."

평범한 삶을 살아가던 월터가 예기치 못한 일을 겪게 되면서 상상도 못 했던 여행길에 올라 모험을 떠나는 영화 '월터의 상상은 현실이 된다'에서 나오는 대사다. 전체적으로 생동감이 넘치면서도, 한편으로는 어딘가 모르게 서늘한 느낌을 안겨주는 게 이 영화의 매력. 그 여운이 무척 마음에 들어서 주제곡인 David Bowie의 'Space Oddity'를 한동안 무한 반복해서 듣곤 했다.

David Bowie의
'Space Oddity'를
한동안 무한반복해서
듣곤 했다

어떤 영화보다도

더 놀랍고 신기하며

생각지도 못했던 일

누군가를 만나서 사랑하게 되는 것도 월터의 여정 같은 게 아닐까. 생각지도 못하게 누군가를 좋아하게 되고, 그 사람을 더 알아가기 위해 여러 장애물을 극복해가고, 마침내는 그 사람에게 닿게 되는 것. 이것이야말로 삶을 살아가는 인생의 목적이 아닐까 싶다.

나의 삶은 때로 어떤 영화보다도 더 놀랍고 신기하며, 생각지도 못했던 일들이 불쑥 일어나기도 했다. 상상이 현실이 되는 일은 내가 생각하는 것보다 훨씬 더 자주, 훨씬 더 많이 일어나고 있다. 상상이 더 이상 상상 속에만 존재하지 않는 일들로 가득한 세상에서 살아가고 있다.

그중에서도 나와 당신이 만나는 것, 수많은 사람 속에서 만나 서로 사랑하게 되는 일, 그것이야말로 어떤 영화보다도 가장 아름답고 멋진 일 아닐까?

그냥
하던 대로 해

한때 프랑스 작가 베르나르 베르베르의 소설을 푹 빠져 읽곤 했다. 그가 풀어낸 이야기를 읽고 있으면 마치 긴 호흡으로 숨을 쉬면서 공상과학영화 한 편을 보는 것만 같았다.

최근엔 '잠'이라는 소설을 읽었다. 한 과학자가 어머니의 비밀프로젝트를 이어받아 꿈속을 탐험하며 현재와 과거를 오가는 내용이다. 잠을 자면서 과거로 시간여행을 하다니, 베르나르다운 놀라운 상상력이었다. 책의 마지막 장을 덮고는 이런 생각이 들었다.

'만약 나도 과거의 나에게 찾아갈 수 있다면 만나서 뭐라고 말해주는 게 좋을까?'

갑자기 진지한 고민에 빠졌다. 이런저런 멋있는 말을 동원해 앞으로의 인생에 대한 이야기를 해줘야 할까? 아니면 다시 돌이키고 싶었던 일을 미리 알려줘서 바꿔 달라고 할까?

여러 가지 질문과 수많은 생각이 스쳐 지나갔지만, 모든 고민의 끝에는 오로지 한 가지만 남았다. 혹시라도, 만약에라도 나중에 꿈속에서 과거의 나를 만나게 된다면 꼭 이렇게 말해줄 거다.

"다 필요 없고, 그냥 하던 대로 해!"

과거의

나에게

찾아갈 수

있다면

다 필요 없고,

그냥

하던 대로 해

꽃잎이 건네는 말

생각들이 머릿속을 어지럽게 날아다니는 날 혹은 풍선처럼 머릿속이 곧 터져버릴 것만 같은 날, 아니면 아무 생각 없이 걷고 싶은 날. 그런 날엔 집 근처의 호수공원을 한 바퀴 돌고 온다.
벚꽃이 눈송이처럼 흩날릴 때는 망설임 없이 집 밖으로 나섰다. 커다란 벚나무에서 조그맣고 여린 꽃잎들이 떨어져 내렸다. 새삼스레 내가 가장 좋아하는 계절이 돌아왔음을 깨달았다. 시간은 참 잘도 가는구나.

정말 이대로 가도 괜찮은 걸까 하면서 이리저리 눈치를 살피고 있다. 무엇 하나 제대로 정해진 것 없는 하루가 지나고, 일주일이 지나고, 한 달이 지나갈수록 의심을 한 움큼씩 삼켜낸다. 그리곤 그걸 꾸역꾸역 소화하느라 정신없다.

좋아하는 일을 하면 항상 좋을 줄 알았는데, 막상 겪어보니 매일매일 기운이 넘치고 행복한 것만은 아니었다. 잠깐

좋아하는 계절이

돌아왔음을 깨달았다

이라도 마음이 약해진 순간에는 그 틈을 타서 주변의 시선, 나이의 압박, 결혼과 직장 등 온갖 문제들이 한바탕 휩쓸고 지나갔다. "정말로 평생 그렇게 지내면서 살 수 있겠어?"라며 핀잔하는 소리가 어디선가 들리는 것만 같다.

그러다 보니 시간이 갈수록 '할 수 있어'는 점차 '할 수 있을 거야'로 바뀌고, 어느새 '괜찮을 것 같아'로 되었다가, 그다음엔 '괜찮지 않을까'로, 결국에는 '정말 괜찮을까?'로 변해있었다. 언제까지나 단단한 줄로만 알았던 다짐은 너무나 쉽게 물렁한 불안이 되고, 이제는 희미한 물음표가 되어 내 주위를 둥둥 떠다니고 있었다.

누구 말처럼 무난한 직장에 들어가서 돈이나 벌다가 무난한 남자를 만나 결혼하는 게 인생의 답인 걸까? 하고 싶은 일을 하기에 이미 너무 늦어버린 걸까? 혹시 나도 저 벚꽃들처럼 떨어져야 할 때인데 어떻게든 버텨보려고 억지를

시간이 갈수록
'할 수 있어'는 점차
'할 수 있을 거야'로 바뀌고

흔들리긴 하지만

아직 나뭇가지에 붙어있을 때라고

쓰고 있는 건 아닐까? 한번 의심이 피어오르기 시작하자 걷잡을 수 없이 번져갔다.

바닥에 흩뿌려져 있는 벚꽃잎 중에는 송이 채로 활짝 피어있는 꽃도 있고, 피다 만 꽃잎 조각도 있다. 그리고 아직 나뭇가지에 매달려있는 꽃도 있다. 나는 그 꽃을 가만히 바라보았다. '그래, 아직은 아니야. 언젠가는 떨어지겠지만, 지금은 아니야.' 흔들리긴 하지만 아직 나뭇가지에 붙어있을 때라고, 할 수 있을 때까지 버틸 거고, 순순히 떨어지지 않을 거라고. 피다 말고 지는 꽃잎이 아닌 활짝 핀 상태로 떨어져 내리자고. 그렇게 마음속에 짙게 새겼다.

똑같은 풍경을

예전과는 다른 기분으로

바라보는 일도

다시
해본다는 것

예전에는 그랬다. 읽은 책은 다시 안 읽고, 가본 곳은 다시 가지 않는 게 맞다고 생각했다. 읽어본 것 말고도 읽을 건 많고, 가본 곳 말고도 가볼 곳이 넘쳐나는 세상이니까. '다시'라는 건 그저 낭비라고 여겼던 때가 있었다. 그럴 시간에 차라리 새로운 걸 읽자, 안 가본 곳을 가자. 그게 훨씬 더 쓸모 있고 보람 있는 일이라고 생각했다.

이런저런 이유로 다시 해보는 일이 생기게 되면서 그게 절대 낭비가 아니라는 것을 알게 됐다. 그땐 그냥 지나쳤던 시의 한 구절이 마음을 툭 건드리고, 똑같은 풍경을 예전과는 다른 기분으로 바라보는 일도 모두 나에겐 새로운 경험이나 다름없었다. 사람도 마찬가지였다. 잘 알고 지내던 사람에게서 미처 몰랐던 모습을 발견하는 것도 종종 있는 일이니까.

앞으로 다시 해볼 일이 많다. 그동안의 난 조금 어렸거나 혹은 오만했던 거였다.

미처 몰랐던 모습을

발견하는 것도

종종 있는 일이니까

사랑은
간단한 거였다

아무런 계획도 없이 친구와 함께 여수에 여행을 갔다. 여수엑스포역에 내려 건너편에 보이는 전망대로 무작정 올라가, 푸른 바다를 바라보면서 차를 한 잔씩 마셨다. 또 간장게장을 먹으러 가서는 순식간에 게 껍데기를 싹싹 해치운 후 식당 바로 옆에 있는 공원에서 산책했다. 산책길에 늘어선 꽃나무 옆에서 사진도 몇 장 찍었다.
이순신광장으로 향해 거북선빵을 먹고, 조그만 배를 타고 오동도에 갔다. 오동도에 새빨간 동백꽃 꽃잎을 몇 장 모아 작은 하트 모양을 만들었다. 아무 말 없이 나를 보던 친구가 한심하다는 표정을 지었다.

시내로 돌아와선 눈에 보이는 식당에 들어가 물회를 시키고, 여수에서만 판다는 소주를 마셨다. 커다랗고 새카만 도화지를 펼쳐놓은 듯한 여수 밤바다 위로 돌산대교만이 반짝였다.

새빨간 동백꽃잎을
몇 장 모아
작은 하트 모양을
만들었다

다음 날 아침, 부스스한 머리를 한 손으로 붙잡으며 겨우 몸을 일으켰다. 숙취와 피곤이 몰려와 몸은 물먹은 솜처럼 묵직했다. 졸린 눈을 비비적거리며 하품을 하는 순간, 의지와는 무관하게, 정말 나도 모르게 입 밖으로 한 마디가 불쑥 튀어나왔다.

"보고 싶다…."

"일어나자마자 그 사람 생각을 하다니. 너 진짜 사랑하나 보다."

아무 대꾸도 할 수 없었다. 그녀의 말이 맞았으니까. 사랑은 간단한 거였다.

흘린
눈물만큼

사진첩을 정리하다가 사랑했던 사람이 담겨있는 사진을 발견했다. 한창 스티커사진이 유행하던 시절 찍은 사진이었다. 어릴 때 같았으면 사진을 발견하자마자 가위로 그 사람만 쏙 잘라내 버리거나, 통째로 휴지통에 던져버렸을 텐데.

나란히 서서 환하게 웃고 있는 사진을 멍하니 바라봤다. 신기하게도 슬픔이나 분노처럼 이별과 이어지는 감정들이 하나도 떠오르지 않았다. 별다른 느낌이 없었다.

함께 보낸 시간이 잠깐 떠오르기만 해도 숨이 막힐 듯 가슴이 저리던 때가 있었다. 당연히 사진첩은 꺼내 볼 엄두도 못 냈다. 혹시라도 꺼내 볼 거라면 그날은 온종일 눈물바다에 잠겨있을 각오를 해야 했다.

그때의 사진들과 시간을 담담하게 마주할 수 있게 됐다.

덤덤하게 그때를 추억하고 있는 내가 적잖이 당황스럽고 낯설었다.

그간 수많은 눈물을 흘렸고 시도 때도 없이 고통에 몸부림쳤다. 매일매일 쉬지 않고 비가 내렸고, 빈틈없이 욱신거렸다.

어찌어찌 그 시간을 견뎌냈고, 흘린 눈물만큼 조금씩 성장했다.

그때의 사진들과 시간을 담담하게 마주할 수 있게 됐다

비스킷은
아직 남아있어

안 좋은 기억이 몇 가지 있다. 사랑했던 사람, 믿었던 친구, 행복했던 가족에 대한 기억 한구석에 따끔거리는 조각들이 군데군데 박혀있다. 그 조각들이 나를 괴롭히기도 하고, 주저하게 만들기도 하며, 절망적인 상태로 몰아넣기도 한다.

기억으로 인해 힘들어질 때면 밝은 글을 읽는다. 그리고 자주 되새기는 문구가 있다. 일본 작가 무라카미 하루키의 소설 '상실의 시대'에 나오는 구절이다.

"인생이란 비스킷 통이라고 생각하면 돼. 비스킷 통에는 여러 가지 비스킷이 가득 들어있는데, 거기엔 좋아하는 것과 그다지 좋아하지 않는 것도 있잖아? 그래서 먼저 좋아하는 것만 자꾸 먹어버리면, 나중엔 그다지 좋아하지 않는 것만 남게 되거든. 난 괴로운 일이 생기면 언제나 그렇게 생각해. 지금 이걸 겪어두면 나중에 편해진다고. 인생은

기억으로 인해
힘들어질 때면
밝은 글을
읽는다

비스킷 통이라고."

세상일은 시소를 타는 것처럼 오르락내리락 하므로 좋은 일만 계속 일어나는 것도, 안 좋은 일만 계속 일어나지도 않는다. 또, 모든 일이 일어난 데에는 다 이유가 있다고 믿는다.

언젠가는 좋아하는 비스킷이 손에 잡힐 것이다. 비스킷은 아직 많이 남아있다.

세상일은

시소를 타는 것처럼

오르락내리락

하기 때문에

서른을 앞둔 스물아홉에

K 작가의 북토크 때문에 상암동을 찾았다. 익숙한 지하철 플랫폼이 눈에 들어오는 순간, 반가움과 그렇지 못한 기분이 교차했다. 지하철역 앞 카페에 들러 차를 한 잔 마시고도 시간이 남아 북토크를 진행하는 책방 주변을 서성였다.

'혹시 여기서 전 직장 사람이라도 마주치면 어떡하지.' 마음 한구석이 바짝 졸아드는 것만 같았다. 혹시나 하는 생각에 마른 침을 꿀꺽 삼키면서 주변을 두리번거렸다.

회사를 나온 건 지난해 여름이었다. 회사에서 딱히 큰 문제가 있었던 것도 아니었는데 자판기에서 종이컵이 나오듯이 툭, 그만두겠다는 말을 내뱉었다. 회사의 분위기나 상사 스타일에도 적응한 상태였고, 업무도 나름대로 자리를 잡아가는 중이었다.

그런데도 회사를 나왔다. 계속해서 일할 수도 있었겠지만,

눈에 들어오는 순간,

반가움과

그렇지 못한 기분이

교차했다

분명한 건 이렇게 나이를 먹어가고 싶지 않았다. 내가 원하는 목적지가 정확히 어딘지는 알 수 없었지만, 이 길이 아닌 것만은 확실하다고 생각했다.

매일같이 원치 않는 글을 꾸역꾸역 써내면서 몸과 마음을 혹사하는 일, 지금 그만두지 않으면 이대로 서른이 되고, 그 다음엔 서른하나가 되고, 잠깐 눈을 감았다 떠보면 서른다섯이 되어있고, 어느새 정신차려보면 마흔이 되어서도 계속 하고 있을 것이었다. 그렇게 생각하니 온몸이 부르르 떨리는 듯 했다.
결국 글을 쓰기 위해 기자가 되었지만, 다시 글을 쓰고 싶어서 기자를 그만둔 셈이었다. 여태까지 써오던 글이 아니라 진심으로 쓰고 싶은 글, 머리가 아닌 마음에서 내뱉는 글, 오롯이 나를 위한 글을 쓰기 위해서.

한 치 앞도 정해진 것 없는 날을 보내고 있고, 비록 예전보다 통장잔액를 확인하는 일이 더 빈번해졌지만, 지금이 훨씬 더 좋다. 이대로라면 더는 나에게 미안하지 않을 거고, 나를 의심하지 않을 거고, 반드시 행복해질 거라 믿으니까.

보고 싶으면
보고 싶다고

일일 보육교사 체험을 한 적이 있다. 아이를 낳아본 경험도 없고 어린 애를 맡아본 적도 없어서 잘할 수 있을지 걱정부터 앞섰다. 주변에 어린 조카나 형제도 없었기에 더 막막했다.

보육교사 체험 날, 어린이집의 아침은 우는 아기들을 달래주는 일로 시작했다. 이른 새벽부터 어린아이를 어린이집에 맡겨놓고 가는 부모의 마음은 어떨까. 아이는 아직도 엄마랑 떨어진 게 실감이 안 나는지 계속해서 울고 보챘다.

다행스럽게도 아이들은 선생님, 선생님, 하면서 금방 나를 따랐다. 그림을 그리는 아이가 "선생님, 이건 우리 엄마를 그린 거예요. 이건 강아지예요"라면서 설명을 해줬다. 블록을 쌓는 아이는 "선생님, 이것 좀 보세요. 높이 쌓았죠"라며 자신의 작품을 보여주고, 종이접기하는 아이는 "이거 만들어서 재한테 줄 거예요"라고 나에게 속삭이듯 말했다.

아이들은 그렇게 자신의 이야기를 미주알고주알 얘기하고 들어주길 원했다.

아이들이 제일 좋아하는 건 칭찬이었다. 간식시간에 아이들 곁에 앉아서 음식을 골고루 꼭꼭 씹어 먹는 시늉을 했다. 급하게 먹는 아이, 편식하는 아이, 입이 짧은 아이를 위해 선생님이 먼저 시범을 보이는 일과 칭찬은 꽤 중요한 임무였다. "우와, 우리 E는 골고루 잘 먹네"라고 말하면 옆에 앉은 아이도 덩달아 열심히 먹었다. 그러곤 "선생님, 저도 이거 다 먹었어요!"라고 자랑스럽게 빈 그릇을 보여줬다. 그럼 또 "와아, Y도 진짜 잘 먹는구나"라고 칭찬을 해줘야 했다. 안 그러면 아이들은 금세 서운해져서 뾰로통한 얼굴로 변해버렸다.

퇴근 시간이 되자 엄마나 아빠 또는 할머니가 아이를 데리러 오기 시작했다. 누군가 벨을 누르면 아이들은 혹시 우

힘들면

힘들다고,

보고 싶으면

보고 싶다고

리 엄마일까 하고 문 앞으로 쪼르르 달려나갔다. 자신의 엄마가 아닌 걸 알면 풀이 죽은 채로 다시 놀이방으로 돌아왔다. 한 명 한 명 친구들이 집으로 돌아갈 때마다 남아 있는 아이들의 표정은 점점 더 어두워졌다.

짧은 시간에도 부모에 대한 그리움이 큰 아이들이 괜스레 마음에 걸렸다. 아이들은 뭐든지 단순했고, 있는 그대로를 솔직하게 표현했다. 관심받고 싶어 하고 칭찬받길 원했으며, 남이 가진 걸 갖고 싶어 하고 대놓고 질투하기도 했다. 잠이 들 땐 누군가 곁에 있길 원했고, 사랑하는 사람을 그리워하고 보고 싶어 했다.

힘들면 힘들다고, 보고 싶으면 보고 싶다고, 그냥 그렇게 솔직해도 되는 건데, 아닌 척했던 내 모습이 보였다.

예상치 못한 순간

출퇴근길마다 '지옥철'이라 불리는 9호선 급행열차를 타고 다녔다. 움직이기는커녕 숨쉬기조차 어려울 정도로 빽빽하게 들어찬 지하철 안. 그곳에서의 내 상태는 '서 있다'라기 보다 '끼어 있다'라는 표현이 더 적절했다.

그날, 여느 때와 같이 급행열차 안으로 몸을 실었고, 어서 빨리 종점인 김포공항역으로 순간 이동하길 바라고 있었다. 납작하게 눌린 식빵처럼 겨우겨우 서 있는 사람들, 그 순간, 열차 안에서 평소와는 사뭇 다른 어투의 안내방송이 흘러나오기 시작했다.

"승객 여러분께 잠시 안내 말씀드립니다. 지금 창밖으로 보이는 풍경이 예쁘다고 생각되신다면 잠깐 동안 바깥 풍경을 감상해보시기 바랍니다. 감사합니다."

하나같이 지친 얼굴을 하고 있던 사람들의 표정이 조금씩

내 상태는 '서 있다'라기 보단
'끼여 있다'라는 표현이 더 적절했다

풀어지고 있었다. 슬그머니 고개를 들어 올리는 사람들 사이에서 나도 목을 쭉 빼서 창문 너머로 보이는 바깥 풍경을 바라봤다.

해가 산 너머로 지고 있었다. 붉은빛으로 물들어가는 구름과 나무들처럼, 내 마음도 아름답게 물들어가는 순간이었다. 삶 속의 위로는 이렇듯 예상치 못한 순간, 아주 사소한 것으로부터 내게 다가왔다.

붉은 빛으로 물들어가는
구름과 나무들처럼,
내 마음도 아름답게
물들어가는 순간이었다

어찌해야 하나
싶었다

빠른년생이란 생일이 빨라 학교를 한 해 빠르게 입학한 사람을 말한다. 이 것이 종종 내 존재를 모호하게 만들어버린다.

친구들이 스물아홉에서 서른으로 넘어가는 때가 왔었다. 12월에 남아 있는 날짜가 점점 줄어들수록 친구들은 초조해하고 현실을 부정하고 싶어 했다.

"세상에 우리가 서른이라니. 믿을 수 없어."
"이제 서른인데 어쩌지? 한 것도 없는데."
"30대에는 소개팅도 잘 안 들어온다는데 결혼은 할 수 있을까?"

난 어찌해야 하나 싶었다.

주변 사람들은 "아직 일 년 더 남았잖아. 너는 그냥 20대라

난 어찌해야 하나 싶었다

고 생각해"라고 하기도 하고
"너도 서른이지. 빠른년생이라고 이럴 때만 빼지 마라." 하며 웃어넘기기도 했다.

겉으론 쿨한 척해도 어떤 기분을 느끼는 게 맞는지 혼란스러웠다. 이게 대체 뭐라고. 이 어정쩡한 상황을 고민하는 내가 이해가 되지 않았다.

한 해가 지난 뒤 비로소 서른이 된 나는 작년에 친구들이 느꼈던 감정을 이해하기 시작했다. '여태까지 뭘 했지?', '앞으로 인생은 어쩌지?', '이대로 괜찮은 걸까?' 하루하루 쓸데없는 걱정들이 늘어갔다.

스물아홉이기도 하고, 서른이기도 했던 혼란스러운 삶은 빠른년생에겐 더 혼란스러운 나이다.

지금이
가장 좋은 때

언제나 앞에 있는 것을 부러워했다. 초등학교에 갓 입학해서는 학교에서 제일 나이가 많은 6학년이 되고 싶었고, 6학년이 되자 어서 중학생이 되어 교복을 입고 싶었다. 중학생일 때는 고등학생 언니들이 어른 같아 멋있어 보였고, 고등학생 때는 예쁘게 치장하고 자유롭게 놀러 다니는 대학생들이 선망의 대상이었다.

그러다 언제부터인가, 내 뒤에 있는 것을 돌아보기 시작했다. 대학교 졸업을 앞두자 공부만 열심히 하면 되는 고등학생 때가 그리웠고, 취준생이 되자 학생 신분일 때가 좋았지, 하면서 대학생 시절을 떠올리곤 했다. 직장인이 되자 시간과 여유가 많았던 취준생이 부럽다가, 백수가 되자 내가 번 돈으로 떳떳하게 생활하던 직장인으로 돌아가고 싶었다.

언제나 '현재의 나를 뺀 나머지의 나'를 부러워하고 그리

언제나 나는

현재의 나를 뺀

나머지의 나를 부러워하고

워했다.

주변 사람들은 나에게 이렇게 말하곤 했다.

“너 때가 진짜 좋을 때야.”

고등학생 땐 담임선생님이, 대학교 신입생 땐 4학년 선배들이, 취준생 땐 직장생활에 먼저 발을 들인 친구들이 말했다. 그때그때, 삶의 중간중간, 매번 다른 때마다, 누군가에게 들었던 말이다.

돌이켜보니 모든 시간이 다 좋을 때였다. 나의 지금이 가장 좋을 때인 거였다.

어른이
된다는 건

사람들은 스무 살이 되면 어른이 된 것이라고 하고
누구는 사회생활을 해봐야 어른이라고
누구는 결혼을 해봐야 어른인 거라고
다른 누구는 아이를 낳아봐야 진짜 어른이 되는 것이라 한다.

세상일들에 점점 무덤덤해질 때
스스로 감정을 다스리는 법을 알게 되었을 때
자신의 한계가 어디까지인지 깨닫게 될 때
얻으려는 것보다 놓아야 할 게 많아질 때
진정한 어른으로 거듭나는 것이라 한다.

어느 때가 되어야 또는 어떻게 되어야 어른이라고 할 수 있을까. 예전에는 지금의 내 나이쯤이면 어른이 되어 있겠구나, 막연하게 여겼다. 당연히 무엇이라도 이뤘거나 무언가가 되어 있겠지, 생각했다.

난 아직 어른이 되지 못한 걸까? 여전히 이루고 싶은 꿈이 있고, 계속해서 삶을 배워나가고 있고, 사랑이 무엇인지, 인생이 무엇인지, 나 자신이 누구인지도. 그렇게 아직도 모르는 것투성이일 뿐이다.

그렇게 아직도

모르는 것

투성이일 뿐이다

바보같이
마음 아파했던 날들

여중과 여고를 내리 다닌 나는 남자가 어떤 여자를 좋아하는지, 어떻게 해야 남자에게 관심을 받을 수 있는지 알지 못했었다. 고등학생 때가 돼서야 학원에서 '남자 사람 친구들'을 알게 되었다.
좋아하는 사람이 생기면 어떻게 해야 하는 거지? 도무지 그 애를 어떻게 대해야 할지 몰라 혼란스러웠다. 누굴 좋아한다는 게 왠지 부끄럽고 창피해서 가까운 친구한테도 털어놓을 수 없었다.

혼자서만 조용히 좋아하는 날들이 계속됐다. 티도 제대로 내지 못하고 그 애 주변만 빙빙 맴돌면서, 행여나 마음을 들킬 것 같으면 되레 큰소리를 냈다. "내가 너 같은 앨 왜 좋아하냐!" 이러면서 이상하게 센 척을 하곤 했다. 괜히 어색해질까 봐 두려워서 그런 거였는데, 지금 생각해보면 지나가는 사람이 봐도 '저 여학생이 남학생을 좋아하나 보네' 하고 알아차렸을 거다.

좋아하는 사람이 생기면

어떻게 해야 하는 거지?

그러던 어느 날, 예상치 못한 일이 일어났다. 어떤 남학생에게 고백을 받은 것이다. 세상에, 나를 좋아하는 사람이 생기다니! 누군가에게 관심을 받는 일이 익숙하진 않았지만 기분이 좋은 건 사실이었다. 그때야 깨달았다. 날 좋아해 줄 사람은 내가 어떻게 해도 좋아해 준다는 걸. 저 애는 왜 나를 좋아하지 않을까, 날 좋아하게 하려면 어떻게 해야 할까, 이런 고민을 할 필요가 없는 거였다.

혼자 속앓이하는 짝사랑은 아무런 영양가가 없다는 것도 알게 됐다. 그냥 좋으면 좋다고 할 걸, 차이면 차이는 거고, 혹시라도 잘될 수도 있는 건데. 뭐가 그리 겁나서 마음을 꽁꽁 숨기려고만 했는지. 소심한 내 모습이 자신을 더욱 작아지게 만들었던 것 같다.

바보같이 마음 아파했던 날들을 떠올리니 괜스레 짠해졌다.

뭐가 그리 겁나서
마음을 꽁꽁
숨기려고만 했는지

완전히
이해할 순 없지만

"완전히 이해할 순 없지만, 완전히 사랑할 수는 있다."

영화 '흐르는 강물처럼'을 보다가 대사를 그대로 받아 적었던 기억이 났다.

내가 자라는 동안 가장 많이 보고, 부딪치고, 영향을 받은 존재는 가족이다. 물론 줄곧 답을 찾지 못하는 한 가지 물음표가 있었다. 가족이라고 모든 걸 다 이해해야 하는 걸까?

가족이라 해도 도무지 이해가 되지 않을 때가 있었다. 그때마다 낯선 혼란 속에 휩싸였다. 그들을 무조건 이해하는 게 맞는 걸까? 아무리 가족이어도 보이지 않는 벽은 존재했다. 그 모습에 어떨 땐 화가 나거나 속이 상하기도 했고, 때론 슬프기도 하고, 왠지 좀 억울한 기분도 들었다.

보이지 않는

벽은 존재했다

속이 상하기도 했고,

좀 억울한 기분도 들었다

영화 속 브래드 피트의 아버지가 저 대사를 읊는 순간 비로소 깨달았다. 가족이라고 해서 모든 것을 이해하려 할 필요까진 없다는 것을. 굳이 그들을 내 세상에 꾸역꾸역 끼워 맞출 필요도 없는 거였다. 가족이기 이전에 모두 다른 인생을 가진 한 사람이므로.

가족을 완전히 이해할 순 없다는 사실을 인정하기로 했다. 이해할 수 없는 부분이 있다는 것을 받아들이기로 한 것이다.

우울은
부재중

화창하던 마음속에 뿌옇게 구름이 낄 때가 있다. 그럴 때마다 나를 환기하는 건, 별것도 아닌 아주 사소한 것들이다. 이를테면 아침잠에서 깼을 때 눈앞에 있는 반려견의 꼬리라든가, 푸른 하늘에 떠 있는 구름 한 조각, 어느새 자그마한 싹을 틔운 화초, 물의 양이 딱 알맞게 지어진 고슬고슬한 밥, 라디오에서 흘러나오는 이름 모를 좋은 음악, 냉장고에 남아 있던 아이스크림 따위 등.

대체로 보드랍고 따스한 것들에서 위로를 받는다. 떠올리기만 해도 입가에 미소가 번지고 기분이 좋아지는 것들이다. 가령 옥수수 수프나 폭신한 쿠션, 고양이의 앞발이나 달곰한 밀크티, 따뜻한 목욕물이나 새로 빤 잠옷 같은 것들. 또는 내 방 침대에 걸려 있는 아침 햇볕이나 갓 구워낸 식빵 냄새, 길가에 핀 민들레나 새벽녘 골목의 가로등 불빛, 유난히 별이 많이 보이는 밤하늘도 그렇다.

누군가와 함께 있을 때는 말보다 행동이 더 좋다. 진심 어린 표정으로 나를 쳐다보는 눈빛, 등을 살며시 토닥거려주거나, 머리를 다정하게 쓰다듬어 주는 손짓이 온화한 기운을 전해준다. 오히려 '힘내'라든지 '잘 될 거야'라는 말보다 훨씬 더 큰 용기가 솟아오르게 한다.

이 작은 것이 나를 스치면 그 순간만큼은 가라앉아있던 마음이 붕하고 떠오른다. 마음속 날씨가 한없이 온순해지면서 내 안의 우울 덩어리가 바깥으로 빠져나간다.

집에 가는 길에 슈퍼에 들러 바닐라 맛 아이스크림을 사야겠다. 우울의 외출이 필요한 날이니까.

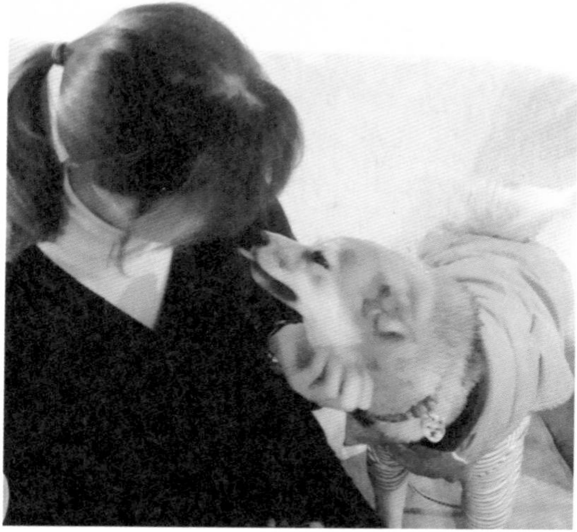

대체로 보드랍고 따스한 것들에서 위로를 받는다

그 순간만큼은 가라앉아있던 마음이 붕하고 떠오른다

하레키노카

하레키노카. 사나다 아츠시 감독의 영화 '하와이언 레시피'에서 나온 말로, '육체는 말과 생각의 이유에 지나지 않는다'는 하와이어다. 오래전에 봤던 영화라 자세한 내용은 잘 기억나지 않지만, 주인공 레오가 여자친구와 헤어지고 하와이에 있는 호노카아 마을에 머물게 되면서 요리사 비이할머니를 비롯해 마을 사람들과 우정을 나누게 되는 이야기다. 일본영화답게 평화로운 마을에서 일어나는 소박한 일들을 귀엽고 잔잔하게 그려나간다.

호노카아 마을에 사는 할아버지와 레오가 대화를 나누던 중, 할아버지는 하레키노카의 뜻에 관해 설명해준다. 나이가 들고 몸이 늙어도 육체는 그저 육체일 뿐, 우리는 끊임없이 생각하고 말할 수 있는 존재다, 라고. 무심한 듯 말하지만 분명 힘이 들어가 있다. 그래서 알 수 있다. 하레키노카는 할아버지가 레오한테 하는 말이 아니라, 당신 스스로 하는 말이라는 것을.

'육체는
말과 생각의
이유에 지나지 않는다'는
하와이어다.

그렇게

자기만의 벽을 쌓고

또 쌓는다

우리나라에도 '나이는 숫자에 불과하다'라는 비슷한 말이 있다. 간단한 사실이지만, 생각보다 쉽게 잊고 사는 말이지 않나 싶다. 내 주변만 보더라도 사람들은 자신이 나이를 먹었다고, 예전 같지 않다고, 이제는 너무 늦어버렸다는 말을 자주 하면서 살아간다. 그 말이 자신도 모르게 스스로를 울타리 안에 가둔다는 사실을 알아채지 못한 채, 그렇게 자기만의 벽을 쌓고 또 쌓는다.

누구에게나 오늘이 가장 젊은 날이라고 하지 않았나. 자신의 벽을 허물고 울타리를 뛰어넘어 세상 밖으로 나오는 것이야말로 진짜 기적이 아닐까. 내 한계를 알고 그 자리에 그대로 주저앉는 게 아니라, 한계를 아는 순간 이제 어디로 가야 할지 방향을 잡고 다시 일어서는 것. 그게 진정한 기적이 아닐까 싶다.

02

혼자가

익숙하지 못한 사람

나는 조심스러운 사람이 되어갔다

그래도 이만하면 꽤 괜찮게 살고 있구나

바다가
어떻게 변하니

먹구름처럼 짙은 회색빛 해변을 걸으면서 제주 월정리의 풍경을 찬찬히 훑어보기 시작했다. 사랑했던 사람과 왔었던 곳이다. 그는 잘 알려지지 않은 예쁜 해변이 있다며 이곳으로 데려왔다. 눈 앞에는 유리구슬처럼 맑고 아름다운 빛깔의 바다가 펼쳐져 있었고, 새하얗고 커다란 풍차가 조용히 돌아가고 있었다.
세상에, 이렇게 멋진 곳이 있다니! 우리만의 아지트를 발견한 것만 같았다. 로맨틱한 기분에 흠뻑 취한 나는 모래사장 위를 방방 뛰어다녔었다.

다시 찾은 이곳은 낯설었다. 푸른 바다와 하얀 풍차는 그 자리 그대로인데, 무언가 달랐다. 바다는 영원히 변하지 않는 것인 줄 알았는데…. 어색해진 바다를 마주 보고 있자니 서운하고 씁쓸한 감정들이 뒤엉키고 출렁거렸다가 산산이 부서져 내렸다.

어찌해볼 도리도 없이
변해버린 것들을
바라보며 서 있었다

파도가 휩쓸고 지나간 모래자국을 들여다보며, 사람과 사람이 만나 사랑하는 건 모래성을 쌓는 일과 비슷하다는 생각을 했다. 서로의 마음속에 물기가 가득한 시절에는 둘만의 성을 쌓을수록 점점 더 커지고 단단해지지만, 머금고 있던 물기가 사라지는 순간, 모래성은 바싹 말라버리고 모래들은 부서져 내렸다. 열심히 쌓아 올려 보아도 또다시 힘없이 흘러내리고 만다. 다시는 예전으로 돌아갈 수 없는 것처럼.

변해버린 시간과 변해버린 바다, 변해버린 우리. 할 수 있는 건 아무것도 없었다. 어찌해볼 도리도 없이 변해버린 것들을 바라보며 서 있었다.

순간, 서글픈 마음이 출렁였지만 이내 잠잠해졌다. 많은 시간이 지났고, 더는 낭만적인 사랑에 목말라하지 않으며, 예전의 월정리 해변은 존재하지 않는 곳이 되었다.

다시 올 일이 없을 것 같았다. 그렇게 생각하면서 서둘러 발걸음을 돌렸다.

이만하면
꽤
괜찮아

남들과 다른 가정사를 갖고 있다는 게 콤플렉스였다. 우리 집은 '보통'과 '평범'이라는 단어가 어울리지 않았고, 차마 말하기 어려운 비밀이 있는 사람이라는 생각이 매번 힘들고 초라하게 만들었다.

여자 셋이서만 살아간다는 건 생각보다 버거운 일이었다. 하다못해 전구 하나를 갈거나 벽에 못 한 개를 박는 것조차 쉬운 게 없었다. 택배기사나 배달직원이 남자일 때는 불안감을 느끼고 신경을 바짝 세우며 경계부터 했다. 마트에서 장을 볼 때 무거운 장바구니를 거뜬하게 들지는 못할망정, 봉투 하나를 낑낑거리면서 들고 가는 내가 나약해 보였다. 그리고 이런 상황들이 앞으로도 계속 될 것 같아서 두려웠다.

조심스러운 사람이 되어갔다. 한창 사춘기를 지나고 있던 나에게 집안 사정은 그저 부끄럽고 창피한 일이었다. 그런

모든 것이 자연스레
자리를 잡아갔고
행복한 일은
틈틈이, 꾸준히 일어났다

사정을, 그런 마음을 티 내지 않기 위해 아등바등 애를 썼다. 혹시라도 친구들이 알게 되면 나를 달리 보지 않을까, 나와 멀어지려 하지 않을까, 이런저런 상상을 하며 미리 걱정부터 하곤 했다.
그러면서도 한편으론 누군가 알아주기를 바랐다. 항상 밝은 모습으로 사람들을 대하다 보니 마냥 속 편한 사람으로 오해를 사는 것이 이유였다. "너는 고생 없이 곱게 자랐잖아, 너는 걱정이 없어서 좋겠다." 그런 말을 들을 땐 불붙인 성냥처럼 억울한 마음이 불꽃을 일으키며 타올랐다.
사람들과 대화를 할 때면 숨겨야 할 말을 이것저것 솎아내고, 그럴싸한 포장을 골라 덮었다. 가끔은 굳이 이렇게까지 해야 하나 싶은 회의감이 든 적도 많았지만, 이게 나를 보호하는 일이라 여겼다. 차라리 그냥 속편한 사람으로 남는 편이 나았다.

모든 건 시간이 지날수록 익숙해지기 마련이었다. 그래도 행복한 순간은 매번 찾아왔다. 아르바이트해서 첫 월급을 받았을 때나 원하던 시험에 합격했을 때, 갖고 싶었던 예쁜 옷을 사거나 먹고 싶었던 음식을 실컷 먹을 때도. 별것 아닌 소소한 일들일지라도 기쁘고 즐거운 날들이었다.

"그래도 이만하면 나도 꽤 괜찮게 살고 있구나."
시간이 흐르면서 모든 것이 자연스레 자리를 잡아갔고 행복한 일은 틈틈이, 꾸준히 일어났다. 더 불행할 이유도, 상황이 나빠질 이유도 없었다.

여러 사람을 만나고 다양한 이야기를 듣다 보니 내 사정은 특별한 것도 아니었다. 평범한 가족이라고 해서 다 좋은 것도 아니고, 평범하지 않은 가족이라고 해서 더 안 좋은 것도 아니었다. 정말로 이만하면 꽤 괜찮은 거였다.

여름의 끝,
가을의 시작

다니던 직장은 너무나 바빴다. 매주 지방으로 출장을 갔고, 매번 새로운 사람을 만나고, 매일 어디론가 이동해야 했다. 내 글이 누군가에게 영향을 줄 수 있다는 건 의미 있는 일이었지만 그만큼 책임감과 부담감 또한 내 몫이었다. 무거운 일일수록 압박감은 커져만 갔다. 눈덩이처럼 쌓여가는 스트레스를 푸는 방법은 여행뿐이었다.

엄마와 떠난 스위스 여행에서 황홀하고 압도적인 풍경에 넋을 놓고 있었지만, 휴대폰은 계속 지잉지잉 울려댔다. 알람을 꺼놔도 점점 불어나는 화면 속 숫자들은 번번이 나를 현실 세계로 잡아끌었다. 아무리 직업적인 특성이라고 해도 이건 아니다 싶었다. 한번은 식사를 하고 있는 중에 전화가 왔다. 업무상 도저히 받지 않을 수 없는 일이었다. 결국 시간은 지체됐고, 가족들은 식사를 마무리해야 했다.

회사를 그만둬야겠다는 결정에는 스위스 사람들의 행동도

그저

싫어하는 일을

하지 않는

것뿐이죠

한몫했다. 스위스 사람들은 부담스럽지도, 그렇다고 해서 부족하지도 않을 만큼 친절하고 상냥했다. 무엇보다도 항상 해맑게 웃으면서 말을 건넸다. 내가 마치 이곳 사람들에게 사랑받고 있는 빨강머리 앤이 된 것만 같았다. "뭐가 그리 심각해? 즐거운 일은 얼마든지 많아!" 그들의 미소가 말해주고 있었다.

한국에 돌아온 후 여름이 깊어갈수록 머릿속은 더욱 복잡해져갔다. 가뜩이나 벅찬 일이 도무지 손에 잡히질 않았다. 내년이면 서른인데, 이렇게 일을 그만두는 게 맞는 걸까? 그렇지만 곰곰이 생각해보니 이건 내가 원하는 글쓰기가 아니었다.

헬싱키에서 작은 일식당을 꾸리며 살아가는 이야기를 담은 영화 '카모메 식당'에서는 식당일을 도와주는 마사코가 식당 주인인 사치에에게 "좋아하는 일을 해서 좋겠어요"라고 말하며 부러워하는 장면이 있다. 하지만 그 말에 사치에는 의외의 대답을 한다.

"그저 싫어하는 일을 하지 않는 것뿐이죠."

좋아하는 일을 하는 것과 싫어하는 일을 하지 않는 것. 언뜻 보면 비슷해 보이지만 다른 대답이었다. 직업적인 글쓰기를 하면서 점점 글쓰기가 싫어지고 있었다. 그렇게 되는 건 절대 원치 않았다. 답은 나온 셈이었다.

그동안 일하면서 다닌 곳들은 참 멀고도 많았는데, 사표가 처리되는 속도는 빠르고 간단했다. 왠지 모르게 억울한 기분이 꿈틀댔다. 그래도 여러 가지 새로운 경험도 많이 했고, 무엇보다 꿈에 그리던 스위스도 다녀올 수 있었으니까. 내 인생의 두 번째 백수를 맞이하고 나니 한여름의 중간에 와 있었다. 2년 전 이맘때에는 깁스를 한 채로 방구

뭐가 그리 심각해?

즐거운 일은 얼마든지 많아

여름의 끝과

가을의 시작이

맞닿아 있는 계절

석에 있었는데, 지금도 크게 달라진 건 없는 것 같다. 팔이 아주 멀쩡한 것만 빼고는.

혼자서 여행을 해볼 때가 왔구나 싶었다. 제대로 비우고 제대로 채우기 위해서. 적당히 긴장하고 적당히 편할 수 있는 곳. 여행이 너무 여행답지 않을 수 있고 오로지 나에게만 집중할 수 있는 곳이다.
그렇게 일을 그만둔 지 한 달이 지난 9월 초. 여름의 끝과 가을의 시작이 맞닿아 있는 계절. 서른의 문턱을 앞둔 나는 홀로 제주도로 떠났다.

혼자는
처음입니다만

여행을 떠날 때 안에서 뭉게뭉게 생겨나는 밝은 기운이 좋다. 그 기운을 잊지 못해 여행중독자처럼 이곳저곳을 돌아다녔다.

내 옆엔 항상 누군가가 있었다. 집을 떠나 살 때도 그랬는데 기숙사 시절엔 룸메이트가, 자취할 땐 친구나 동생이 곁에 있었다. 당연히 혼자서 밥을 해 먹거나 아무도 없는 집에서 잠을 자본 적도 거의 없다. 혼자 하는 것에 익숙하지 못한 사람이었다.

혼자서 여행하는 건 처음이었다. 회사를 그만두고 어영부영 시간을 보내다 보니 코끝에 가을 냄새가 스치기 시작했다. 어느덧 한 계절이 지난 셈이었다. 책 한 권과 노트, 가고 싶은 카페 목록과 함께 제주도로 떠났다.
이번만큼은 누군가와 동행하지 않고 별다른 계획도 없이 가보기로 했다. 홀로 여행을 한다는 게 얼마나 자유롭고

함께였기에

마음 편히

여행할 수 있었던

거였다

좋은 건지 한번 느껴보고 싶었다.

두근거리는 마음을 안고 비행기에 올라 티켓에 적힌 자리에 앉았다. 텅 비어있는 옆자리를 보는 순간, 묘한 기분이 스쳤다. 제주도에는 도착도 안 했는데, 혼자라는 게 생각만큼 퍽 자유롭고 좋은 건 아닐지도 모르겠다는 생각이 들었다.

스스로 가이드 역할을 자처하며 일행을 이끌고 맞춰온 줄 알았지만, 실은 나도 모르게 그들에게 의지하고 있었다는 사실을 알았다.

혼자가 아니니까 괜찮아, 하는 마음이 은근히 있었던 거다. 내 옆자리에 앉아줄 사람, 목적지에 도착하면 깨워줄 사람, 같이 지도를 봐줄 사람, 맛있는 밥을 나눠 먹을 사람, 자기 전까지 수다를 떨어줄 사람. 함께였기에 마음 편히 여행을 할 수 있었던 거였다.

나는 혼자 하는 것에 익숙지 못한 사람이다.

누가
위태롭게
앉아 있던 걸까

오로지 사랑만 있으면 되는 줄 알았다. 그와 나는 각자의 의자에 앉아 있고, 둘 사이에 사랑이라는 감정만 있으면 되는 거로 생각했다. 각자의 자리를 지킨 채 공유할 부분만 적당하게 공유하는 것. 그거면 되는 줄 알았다.

사랑은 둘이 하나의 의자에 함께 앉아야 했다. 서로에 대한 이해 없이는 결코 오랫동안 의자에 같이 앉아 있을 수 없었다. 한 사람이라도 욕심만 내거나 양보만 하면 누군가는 의자 밖으로 밀려나고 말았다.
지나고 보니 이해와 배려, 신뢰와 인내 심지어 권태와 미움까지 모든 것이 사랑 안에 들어있었다.
사랑하는 사람과 하나의 의자에 같이 앉아있다 보면 알게 되는 것들. 둘이 함께 오래 앉아 있으려면 이러한 것들을 잘 맞춰나가야 했다. 균형을 이루기 위해 서로 노력해야 했다.

그와 나는,

하나의 의자를

각각 얼마나

차지하고 있었을까

마지막 순간에 그와 나는, 하나의 의자를 각각 얼마나 차지하고 있었을까. 과연 둘 중에 어느 쪽이 더 위태롭게 앉아 있었던 걸까.

여전히
두려운 일

한적한 동네 제주 종달리는 아침이면 맑은 새소리가 들리고, 저녁에는 풀벌레 우는 소리가 울려 퍼졌다. 이곳에서 지내는 마지막 날에는 좋았던 곳을 다시 가보기로 했다.

소심한 책방에는 기분 좋은 종이 냄새와 포근한 분위기가 가득했다. 지난번에 왔을 때 눈에 밟혔던 '휴게소'라는 제목의 그림책을 골라 들었다. 볕이 잘 드는 자리에 앉아 읽었다. 무슨 내용인지도 모른 채 펼쳤는데, 무지개다리를 건너는 개, 고양이, 햄스터, 새의 마중을 그린 책이었다.
귀엽고 사랑스러운 동물들은 생의 마지막을 맞이하기 전에 잠시 휴게소에 들른다. 그리고 휴게소 직원에게 지난날에 대한 상념과 푸념을 늘어놓기 시작한다. 각자 주인에게 품고 있었던 불만과 아쉬웠던 마음들을 남김없이 털어놓는다. 이러쿵저러쿵, 이랬고 저랬지, 왈왈, 야옹, 찍찍, 짹짹. 하지만 막상 그들이 주인에게 남기는 편지에는 이렇게 적혀있다.

"고마워요."
"걱정하지 말아요."
"슬퍼 말아요."
"나는 괜찮아요."
"행복했어요."
"사랑해요."

짧지만 강렬한 편지들이었다.

어릴 적, 키우던 강아지의 마지막 순간을 함께 하지 못한 적이 있었다. 예기치 못한 사고였는데, 한동안 너무나 버티기 힘든 일이었다. 마지막 인사도 제대로 나누지 못하고 떠나보냈다는 죄책감이 슬픔과 후회로 뒤범벅된 채 마음 한구석에 걸려 좀처럼 내려가질 않았다. 아무것도 보이지 않는 캄캄한 창밖 하늘을 바라보며 미안하다고 혼자 중얼

기분 좋은

종이 냄새와

포근한 분위기가

가득했다

거리다 눈물을 훔치곤 했다.

내게 반려동물을 키운다는 건 또 다른 이별을 준비하면서 살아가야 한다는 것과 다르지 않다. 언젠가 헤어지게 되리란 걸 알면서도 사랑을 주는 것. 매 순간 행복해하면서도 한편으론 슬픔을 예감하는 것. 그게 아직은 두렵다.

후배가 챙겨주던 길고양이도 하늘나라로 갔다고 했다. 그림책 속 동물들의 편지가 그려진 장면을 휴대폰으로 찍어 후배에게 보냈다. 그러는 사이 나도 모르게 코끝이 시려왔다.

“모두 무사히 도착해요. 그리고 편히 쉬어요.”

유리병 속
학종이

투명하고 예쁜 유리병에 차곡차곡 담아두고 싶은 순간들이 있다. 지나가고 사라지는 것이 못내 아쉬운 순간들, 너무 반짝거리고 소중해서 절대 잊지 않고 싶은 순간들, 하나하나 마음을 담아 꾹꾹 눌러가며 접어낸 종이학처럼.
책상이나 선반 어딘가 잘 보이는 곳에 얌전히 놓아두고, 보고 싶을 때마다 꺼내 보고 싶은 그런 순간들이 있다.

엄마 몰래 동생이랑 화장품을 바르고 엄마 옷을 입고 놀던 모습, 키우고 싶던 강아지를 집에 데려오자마자 거실을 콩콩 뛰어다닌 날, 과일 빙수와 토스트를 먹으며 생크림이 부족하다고 투덜대던 동생과 나, 단짝친구네 집 이불 속에서 같이 들었던 라디오 소리, 기숙사 휴게실에서 빨래가 다 돌아갈 때까지 수다를 떨던 저녁.
하늘을 날면서 내려다본 수많은 산과 나무들의 초록빛 풍경, 비행기 창밖으로 노을빛에 물든 구름을 보며 눈을 떼지 못하던 기억, 낯선 나라에서 이름 모를 연주를 들으며

잃어버리지 않도록

유리병 안에

소담스럽게 담아두고 싶다

눈물을 글썽이던 엄마, 온 가족이 다 함께 넋을 놓고 밤하늘의 불꽃놀이를 구경했던 순간, 그리고 창밖으로 하얀 눈송이가 다감하게 흩날리는 지금까지도.

모두 잃어버리지 않도록 유리병 안에 소담스럽게 담아두고 싶다. 힘에 겨울 때마다 유리병을 가만히 바라보다 꼭 끌어안고 싶다.

꽃보다
모녀

제주도에서 꽤 유명하다는 전복식당으로 향했다. 야호! 속이 탁 트일 정도로 새파랗고 청량한 평대리 바다를 마주보면서, 모락모락 김이 나는 뜨끈한 전복 돌솥밥을 먹고 있자니 세상을 다 가진 기분이 들었다.

옆자리에 모녀가 앉았다. 둘은 전복 돌솥밥과 전복죽을 하나씩 시켜서 반씩 나눠 먹는 중이었다. 내 또래로 보이는 딸이 "마스크팩을 두 장 챙겨왔으니 이따 저녁에 같이 하자"고 웃으며 말했다. 제주도 여행 계획을 얘기했을 때, "제주도에서 한 달 정도 살아보고 싶었는데…"하고 부러움 한가득 담겨있던 엄마의 말이 생각났다.

어릴 적부터 엄마는 어딘가에 꽂히면 곧장 짐을 챙겨 함께 여행을 가곤 했다. 목적지가 바다든 산이든 어디든지 상관없었다. 문득 엄마랑 제주도에서 살면 좋겠다는 생각이 들었다. 하지만 일과 가정을 지켜야 하는 엄마와, 이직과 결혼이라는 숙제가 남은 내가 이곳으로 홀가분하게 내려오기란 절대 쉽지 않은 일이다.

엄마와 여행을 꽤 많이 다닌 편이다. 지방 곳곳의 절에 다니기도 했고, 홍콩을 시작으로 크로아티아, 스위스, 이탈리아까지 먼 나라 땅들을 밟아보기도 했다. 낯선 도시와 낯선 사람들, 낯선 글자가 가득한 곳에서 엄마는 나를 의지하고 내가 엄마의 보호자가 되었다.

홍콩에 갔을 때, 쉬지 않고 돌아다니는 빡빡한 일정 때문에 3일째가 되자 엄마는 포기선언을 했다. 울며 겨자 먹는 심정으로 마카오 일정을 모두 취소하고 숙소 근처의 구룡공원을 산책하는 거로 마지막 날을 보냈다. 아쉬워도 어쩔 수 없었다. 엄마의 나이와 컨디션을 고려하지 않고 계획을 짰던 내 잘못이었으니까.
나름의 교훈을 얻고 크로아티아에 갈 때는 엄마가 쉴 수

함께하는 여행이
훨씬 값진
여행이라는 것을
안다

있는 틈을 고려해서 계획을 세웠다. 하루에 한 장소 위주로만 다니고, 지칠 때쯤엔 여유롭게 쉬는 날을 두어서 재충전을 할 수 있도록 했다. 조식은 필수, 식사는 삼시 세끼 모두 속이 든든한 음식 위주로 골랐다. 다행히도 결과는 성공적(?)이었다. 크로아티아의 아름다운 풍경 덕도 있었겠지만, 엄마는 크로아티아를 무척 마음에 들어 했다.

엄마와 함께하는 여행이 훨씬 값진 것임을 안다. 앞으로 얼마나 더 함께 할 수 있을까? 엄마하고 같이 아름다운 곳을 보고 맛있는 음식을 나눠 먹으며, 도란도란 얘기를 나누는 일들. 가능하면 할 수 있을 때까지 최대한 오래오래 하고 싶다.

화분 속의 화분

언제부터인가 엄마는 다육식물에 빠져, 여러 가지 다육식물을 사들이고 베란다 한 쪽에 '미니 다육식물 정원'을 만들었다. 많은 식물을 바지런히 키워내는 모습을 보면서, '엄마는 어쩔 수 없이 엄마답다고 해야 하는 건가?' 하는 생각에 잠겨있었다.

"어서 이리 좀 와봐!"

엄마의 다급한 목소리에 무슨 일인가 싶어 가본 나는 신기한 광경을 목격했다. 커다란 다육식물이 심어진 화분의 흙 위에 조그마한 미니 다육식물이 화분에 올려져 있었다. 그런데 미니 다육식물의 뿌리가 화분 밑을 뚫고 나와 큰 화분의 흙속으로 뻗어 들어간 것이었다.

베란다 한켠에
'미니 다육식물 정원'을
만들었다

"진짜 놀랍지 않니? 이런 거."
엄마는 흥분한 기색이 역력했다. 아닌 게 아니라 정말로 신기했다. 큰 화분 속에 작은 화분. 작은 식물이 자신의 화분도 모자라 큰 화분으로까지 뿌리를 내리고 있는 모습이라니. 마치 큰 다육식물이 작은 다육식물을 위해 기꺼이 자신의 흙을 내어주고 있는 것 같았다.

자연의 힘은 전부터 줄곧 느껴왔지만, 그 광경을 보고 있으니 부모와 자식 간의 관계도 이런 게 아닐까 싶었다. 자식을 위해 아낌없이 내어주는 것. 더 크게 자라고 성장할 수 있도록 밑에서 든든한 땅이 되어주는 것. 자식이 더욱 빛나도록 묵묵히 버텨주는 존재. 그런 게 바로 부모의 마음이 아닐까.

더 크게 자라고
성장할 수 있도록
밑에서 든든한 땅이
되어주는 것

예쁘다는 말은 슬픈 말

좋아하는 카페에 갔을 때였다. 정기휴무날인 걸 알고 있었지만, 혹시나 하는 마음으로 가봤더니 카페가 활짝 열려있었다. 카페 사장님이 키우는 고양이 '바다'는 문 앞에서 가을 햇살을 만끽하며 일광욕을 즐기는 중이었다. 모처럼 운이 좋은 날이다. 횡재한 기분으로 저번부터 앉고 싶었던 창가 자리에 앉았다. 사장님이 내려주신 향긋하고 구수한 커피를 마시면서, 책을 읽고 틈틈이 창밖도 구경했다. 그렇게 한가로이 시간을 흘려보내고 있었다.

창밖 너머로 지팡이를 짚은 어떤 할머니가 카페 맞은편에 있는 슈퍼로 느릿느릿 들어가는 모습이 보였다. 할머니는 슈퍼의 미닫이문을 힘겹게 열고는, 문 안쪽에 놓여있는 작은 의자에 겨우겨우 앉으면서 지팡이를 바닥에 천천히 내려놓았다. 아마도 한숨 돌리는 중인 것 같았다.

요양원에 있는 외할머니가 생각났다. 어릴 적 외할머니 품에서 자라온 나는 할머니가 해주는 김밥이 제일 맛있고, 할머니가 손톱에 물들여주던 봉숭아물이 젤로 예뻤다. 나중에 따로 살게 된 뒤에도 이따금 할머니 집에 놀러 가면 두 팔 벌려 나를 안아주고, 깨끗이 빨아둔 꽃이불을 덮으면 온 세상이 포근했다.

이제는 얼굴을 봐도 내가 누군지 알아보지 못하는 할머니.

"예쁘다."
요양원의 체크 무늬 이불을 덮고 있는 할머니가 나를 보면서 말했다. 보통 때 같으면 기분이 좋아지는 말인데, 할머니의 예쁘다는 말은 그렇지 않았다. 세상의 어떤 말보다 슬프게 들렸다.
이제 할머니의 머릿속은 민들레 꽃밭 같은 거였다. 할머니의 기억들은 민들레 홀씨처럼 바람 불면 금세 날아가 버리니까. 추억의 조각을 안고 그 힘으로 살아가는 건데, 아무

얼굴은
웃고 있지만
마음이
서걱서걱
갈라졌다

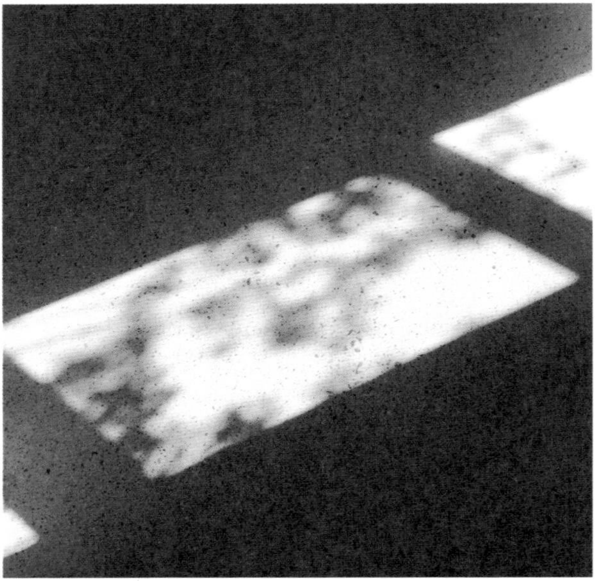

리 생각해도 치매는 가장 잔인한 병이었다.

할머니가 아이처럼 맑은 미소를 지으면서 나를 지그시 바라볼 때마다, 가슴 한구석에 시퍼렇게 차가운 얼음 조각이 박힌 것 마냥 찌르르했다. 얼굴은 웃고 있지만, 마음이 서걱서걱 갈라졌다.

"네가 예슬이냐? 이젠 길 가다 마주치면 할미는 못 알아보겠구나. 참 예쁘게 생겼다. 예쁘다."

할머니는
무슨 음식이든
손수 만드는 걸
좋아해서

할머니의 김밥

어릴 적 외할머니와 같이 산 적이 있다. 할머니는 무슨 음식이든 손수 만드는 걸 좋아해서, 식혜나 약식, 백설기, 부침개, 잡채 등 명절이나 잔치 때나 올라올 법한 음식들을 평소에도 직접 만들곤 했다. 그중에서 나는 김밥을 제일 좋아했다. 소풍을 가는 날이 아니어도 시장에서 싱싱한 시금치를 산 김에, 냉장고에 당근이 있어서 혹은 아무 이유 없이 동네 슈퍼에서 단무지와 김밥용 햄을 사 와서는 이른 아침부터 뚝딱뚝딱 김밥을 만들었다.

김밥은 말고 나서 막 썰고 있을 때 옆에서 하나씩 주워 먹는 게 가장 맛있다. 아직 채 썰지도 않은 김밥 한 줄을 통째로 집어 들고 한입에 우걱우걱 먹기도 했다. 미처 다 못 먹고 남은 김밥은 냉장고에 넣어두었다가, 다음 날 아침에 휘휘 풀어낸 달걀에 풍덩 담가서 프라이팬에 부쳐 먹으면 꿀맛이었다.

할머니 김밥은 무슨 마법의 가루라도 뿌린 것인지 많은 김밥집에 가보아도 그 맛이 나질 않았다. 하루는 내가 "할머니 김밥은 왜 이렇게 맛있는 거야?" 하고 물었더니 할머니는 "할미가 만든 김밥이니께 맛있지"라면서 웃어넘겼다. 나중에 할머니랑 떨어져 살게 된 뒤로는 아침마다 부엌에서 달걀 지단을 부치는 소리와 햄과 맛살을 굽는 냄새가 이따금 그리웠다.

할머니가 집에라도 오는 날엔 가장 먹고 싶은 음식이 무어냐고 하면 망설임 없이 '김밥!' 하고 말했다.
할머니의 김밥 만드는 과정은 이러했다. 먼저 시금치를 데치고 당근을 볶고, 달걀 지단을 부치고 햄과 맛살, 어묵을 살짝 굽는다. 그리곤 깨를 솔솔 뿌린 따끈한 밥을 김 위에 고루 편 다음, 그 위에 잘 썰어낸 재료를 올려주고 단무지도 넣어준다. 잘 붙도록 김의 가장자리에 밥풀을 몇 알 붙여주고, 옆구리가 터지지 않게 조심조심 잘 말아주면 되었

먹고 싶은 음식이
무어냐고 하면
망설임 없이
'김밥!' 하고 말했다

다.

할머니만의 특별한 레시피를 기대했지만 그런 건 없었다. 그래도 김밥은 아주 맛있었다. 이제 더는 할머니 김밥을 먹을 수 없어서, 할머니 생각이 날 때면 직접 김밥을 만들어 먹곤 한다. 그러다 며칠 전, 새하얀 밥 위에 재료를 차곡차곡 얹던 중 무언가를 깨달았다. 비로소 할머니의 비결을 어렴풋이 알 것 같았다.

새벽부터 일어나 김밥 속 재료를 하나하나 준비하면서 할머니가 떠올렸을 생각들. 쪼르르 옆에 와서 앉아 고사리 같은 손으로 홀랑홀랑 김밥을 집어 먹는 손자들의 모습을 떠올리는 일. 그게 할머니의 기쁨이었고, 할머니의 보람이었고, 할머니 손맛의 비결이었다. 할머니의 말이 맞았다. 할머니 김밥은, 할머니가 만들어서 맛있는 거였다.

새하얀 밥 위에

재료를 차곡차곡 얹던 중

무언가를 깨달았다

핑계 찾기는
그만

나무 냄새를 실컷 맡고 싶어서 비자림을 찾아갔다. 싱그러운 초록빛의 비자나무가 가득한 숲길을 천천히 걷다가, 안내판에 쓰여 있는 글귀가 눈에 들어왔다.

“이곳을 보면 생명이 얼마나 존귀한 것인지 느끼게 한다. 기나긴 모진 세월 열악한 환경 속에서도 뿌리를 내려 주위 나무들과 경쟁하면서 꿋꿋이 서 있는 모습이 당당해 보이며 우리에게 시사하는 바가 크다. 식물이 살아갈 수 없는 바위 돌 틈에 뿌리를 내려 살아가는 모습을 보면 우리의 마음을 엄숙하게 한다.”

글을 읽고 나니 길을 가다 돌 틈 사이에 핀 민들레나 이름 모를 들꽃을 보며 감탄했던 때가 생각났다.

"아이고, 재 좀 봐. 어떻게 저런 곳에서도 싹을 틔우고 꽃을 피워냈을까?"
그랬다. 식물은 언제 어디서든 자신의 힘으로 싹을 올려낸다. 요란함도 없이 자기 자리에서 자신만의 잎사귀를 있는 힘껏 피워낸다. 그러다 바람이 불면 한숨을 돌렸다가, 다시 일어나곤 한다. 춥고 힘겨운 겨울을 보내고 봄이 오면 언제 그랬냐는 듯 또다시 꾸물꾸물 기지개를 켤 준비를 한다. 언제나 틀린 적이 없고, 포기한 적이 없다.

늘 시간이 부족해서, 장소가 마땅치 않아서, 여건이 여의치 않아서 등 주저리주저리 핑곗거리를 잔뜩 만들어 펼쳐놓고는, 어떤 게 가장 적절하고 합리적인 '가장 그럴싸한 핑계'가 될지 고민만 해오지 않았나.

제대로

이룬 것 하나 없이

'핑계 찾기'만

해왔던 건 아닐까

"그건 내 적성과 맞지 않아."
"그걸 하기엔 나이가 좀 많은 것 같아."
"집하고 너무 먼 곳이라 금방 지쳐버리게 될 거야."
"잘할 수 있을지 모르겠어."

제대로 이룬 것 하나 없이 '핑계 찾기'만 해왔던 건 아닐까? 꿋꿋이 서 있는 비자나무들 사이에서 어설프게 서 있는 내가 한없이 부끄러워졌다.

옳은 것보다 좋은 것

"깊게 고민할 필요 없어. 어느 쪽이 맞는지 모르겠다면 좋은 쪽을 선택하면 돼."

드라마 속 대사 한마디가 그동안 답을 모른 채 방황했던 수많은 질문에 대해 시원히 대답해준 것만 같았다.

하고 싶은 것과 해야 하는 것을 두고 수없이 고민하고 갈등한 시간. 이게 맞는 걸까, 어떻게라도 결단을 내려야 하는 선택지를 펼쳐놓고는, 그사이에 멀뚱히 서서 어쩌지도 못한 채 하루를 그냥 흘려보낸 적이 한두 번이 아니었다. 답은 생각보다 간단했다. 어떤 게 맞는 일인지, 어느 것이 옳은 결정인지 모르겠다면 '좋은 쪽'을 선택하면 되는 것이다. 더 끌리는 쪽으로 한걸음 발을 내딛어보면 되는 것이다.

기나긴 고민 끝에 내린 결론은 항상 같았다. 옳다고 믿는 것보다 더 좋은 쪽을 선택했다. 설령 나중에 후회한다고 하더라도, 일단은 좋은 게 좋은 거니까.

하고 싶은 것과

해야 하는 것을 두고

수없이 고민하고

갈등한 시간

옳다고
믿는 것보다
더 좋은 쪽을
선택했다

옆집에
살고 싶다

아침엔 커피를 두 잔 내려 한 잔 가져다줄게
가끔은 무심히 문을 열고 저녁도 나눠먹고
한산한 밤엔 손잡고 동네 산책도 가고
아, 도서관에 책 빌리러 같이 가자
재밌겠지

나는 너네 옆집에 살고 싶다

김치전 만들고 있으니까 올 때 맥주 좀 사와
요전에 얘기한 좋은 영화 같이 보면서 먹자
문을 다 열어서 좋아하는 음악 크게 틀고, yeah!
같이 따라 부르면 재밌겠다
재밌겠지

나는 너네 옆집에 살고 싶다

로켓트리, 〈나는 너네 옆집에 살고 싶다〉 중에서

좋아하는 노래 중에 로켓트리의 '나는 너네 옆집에 살고 싶다'라는 곡이 있다. 라디오에서 우연히 듣게 된 노래인데 일종의 고백송이다. 고개를 까딱까딱하게 하는 리듬감도 좋고, 가사 내용도 사랑스러워 절로 기분이 좋아진다.

'로맨스가 필요해(시즌2)'라는 드라마가 있었다. 극 중 주열매(정유미 분)와 윤석현(이진욱 분)은 12년 동안 만남과 헤어짐을 반복하면서 지내온 사이로, 현실에선 이해하기 어렵지만 서로 옆집에 살고 있다. 게다가 대문은 두 개인데 각자의 거실이 문 하나를 사이에 두고 붙어 있는 요상한 구조다.
연애는 끝난 사이지만 옆집에 살다 보니 같이 차를 마시기도 하고, 장 봐온 재료를 나누기도 하고, 심심하면 수다도 떨고 그런다. 쉽게 이해하긴 어렵지만, 한편으론 둘 다 서로에 대한 애정이 남아 있으니까 저런 관계가 가능한 거겠지, 하고 어느 정도 수긍이 되었다.

가까이 두기엔

다소 부담스러운,

혹은

어려운 관계가 있다

로켓트리의 노래랑 잘 맞아떨어지는 드라마다. 좋아하는 사람 곁에서 적당한 거리를 둔 상태로 매일 얼굴도 볼 수 있고, 맛있는 것도 나눠 먹을 수 있고, 가끔은 같이 산책하러 갈 수 있으니까. 그래서 좋아하는 사람과 옆집에 산다는 건 굉장히 낭만적인 일이라고 생각했다. 나에게도 그런 일이 생겼으면 좋겠다고 바라기도 했고, 만약 나라면 무얼 같이 하자고 했을까 혼자만의 행복한 상상을 해보기도 했다.

멀리 두기엔 보고 싶고 가까이 두기엔 다소 부담스러운, 혹은 어려운 관계들이 있다. 서로가 적당한 거리를 유지하고 있을 때 비로소 갈등이 해결되곤 했다. 약간의 거리를 둔 후에야 상대방과의 오해와 불편함이 해소되고, 예전보다 사이좋게 지낼 수 있게 되었다. 딱 옆집 정도의 거리처럼.

모든 게
'쇼' 였다면

'트루먼 쇼'라는 영화에서는 하늘 어딘가에 보이지 않는 계단과 문이 있고, 그 문을 열고 나가면 그동안 몰랐던 진짜 세상이 펼쳐진다.
영화에서처럼 새롭게 시작할 수 있는 출발선으로 되돌아갈 수 있다면, 스무 살 나이로 돌아가 새 삶을 살아보자고 두 주먹 불끈 쥐면서 당찬 다짐을 하게 될까?

'스무 살'이라는 단어가 가지고 있는 생명력이 부럽고 좋기는 하지만 다시 돌아가고 싶지는 않다. 나는 지금 '서른 살'이 가지고 있는 따스함과 안정감을 사랑한다. 켜켜이 쌓아온 추억을 다시 녹이고 싶지도 않다. 만났던 사람들, 겪었던 기쁨과 슬픔, 힘겹게 싸우던 시절, 절망했던 순간들 하나하나 모두 다 소중한 기록이니까.

켜켜이 쌓아온

추억을

다시 녹이고

싶지 않다

계속

걸어갈 것이다.

나를 믿고,

내 선택을 응원하며

달라질 것은 없었다. 그때와 비슷한 선택을 했을 거고, 같은 결정을 내렸을 거고, 사랑했던 사람을 사랑했을 것이다. 그때는 그게 가장 최선이라 믿었을 테니까.

설령 트루먼처럼 이미 짜인 각본 안에서 살아가고 있는 것일지라도, 지금처럼 계속 걸어갈 것이다. 나를 믿고, 내 선택을 응원하며, 더 많은 것을 끌어안고. 훗날 서른으로 돌아가고 싶다는 미련이 남지 않게끔.

틈을
주는 일

새파란 용담 해변이 눈이 시릴 정도로 힘차게 반짝거렸다. 서울로 돌아가는 비행기 안에서 바라보는 제주 바다는, 물기를 잔뜩 머금은 붓으로 푸른색 물감을 묻혀 촘촘히 칠해 놓은 것 같았다.

돌이켜보니 하루하루를 숙제하듯이 살아왔었다. 눈에 보이지도 않는 시간에 쫓기면서 자신을 쳇바퀴 속에 굴리고 또 굴려댔다. 잠깐 쉬는 동안에도 머릿속 한편에서는 다음 일을 재촉하면서 생각하는 것을 멈추지 않았다. 계속 생각하지 않고 움직이지 않으면 무슨 큰일이라도 날 것처럼, 자신을 가만히 내버려 두지 않는 것을 만족으로 여기는 사람이었다.

여행을 일하는 것처럼 다니지 말라던 엄마의 말이 떠올랐다. 틀린 말이 아니었다. 누가 시켜서 하는 것도 아닌데 왜 휴식까지 그렇게 지치도록 했나 싶다.

자신을 가만히
내버려두지 않는 것을
만족으로 여기는
사람이었다

그동안 '일종의 가혹'이 여기까지 버틸 수 있게 해주었었다. 지금껏 겪어온 여러 가지 일들로부터 말이다. 가정환경의 변화, 사랑하는 사람과의 이별, 자신의 갈등 그 외에도 일에 대한 스트레스나 대인관계 문제 등. 이러한 것들로 불시에 생겨나는 우울과 불안감을 어떻게든 피하고 싶었다.

그때 할 수 있는 건 틈을 주지 않는 거였다. 내 안에 빈틈이 생기면 원치 않는 감정 덩어리들이 틈 사이를 비집고 들어 올까 봐. 구석구석을 채워서 날 집어삼키게 될까 봐. 그게 두려워서 필사적이었다.

제주를 오면서 나에게 틈을 줘도 괜찮을지 의심이 들었다. 하루하루 빈틈을 만들어가면서 지금까지 했던 걱정이 쓸데없다는 걸 알게 됐다. 전보다 더 가벼워졌고 한결 편안해졌다. 어느 때보다도 말끔하게 자신을 비울 수 있었다. 아무 생각도 하지 않고, 지금만을 느끼면 되는 것. 틈을 주는 일이 필요했던 거였다.

03

모든 순간이

꽃봉오리 같았다

인생에는 부족함이 있기 마련이다. 그것들을 일일이 다 메우면서 살아갈 순 없다

세상에 쉬운 인생이 어디 있을까.

작은 돌멩이에 걸린 거야

"이건 네가 지나가는 길에 마주친 작은 돌멩이에 불과해. 그 돌멩이에 너는 잠깐 발을 헛디뎠던 거고."

세상에 쉬운 인생이 어디 있을까. 낙담하는 친구에게 내가 해줄 수 있는 말은 그저 돌멩이 이야기뿐이었다. 그녀가 한 번의 실패로 좌절하고 주저앉아버리는 일은 원치 않았다. 뻔한 위로일 수도 있는 얘기였지만 계속해서 말했다. 정말로 작은 돌멩이일 뿐이라고.

스스로 하고 싶었던 말이기도 했다. 고작 이런 일로 무너지는 건 말이 되지 않았다. 시험 한 번, 면접 한 번에 인생의 모든 게 바뀐다는 건 말이 되지 않는 거였다. 그렇게 믿고 싶었다.

너는 잠깐

발을

헛디뎠던 거고

제대로 가고
있었다는 걸,
틀린 게
아니었다는 걸

지금은 아무것도 모르지만, 나중에는 반드시 알게 될 거라고 말했다. 제대로 가고 있었다는 걸, 틀린 게 아니었다는 걸, 그때 그 일은 정말로 지나가는 길에 놓인 작은 돌멩이에 불과했었다는 걸.

공든 탑은 반짝인다

어느 라디오 프로그램에서 전화 연결된 청취자와 진행자가 대화를 나누고 있었다. 자신을 버스 운전사라고 소개한 여성은 갑자기 어려워진 형편으로 버스 운전을 시작하게 됐다면서, 처음엔 몹시 힘들었다고 털어놨다. 진행자가 커다란 버스를 모는 게 쉽지 않았을 텐데 어떻게 운전 연습을 했느냐고 물었더니, 그녀가 차분한 목소리로 대답했다.

"매일 종이컵에 물을 떠서 차 안에 올려놓고 운전을 했어요."
"물이요? 그걸로 어떻게 하신 거죠?"
"그 물을 보면서 넘치지 않게 운전하려고 노력했어요. 버스 운전은 손님들의 안전을 가장 우선해야 하잖아요. 처음엔 물도 여러 번 쏟고 어려웠는데, 계속 연습하다 보니 어느샌가 손님들이 느끼기에도 편안하게 운전을 하게 되더라고요."

학창 시절 아르바이트를 하던 때가 떠올랐다. 하루는 초밥 가게에서 10년이나 일했던 분에게 한 수 배우고 싶은 마음에 초밥 만드는 모습을 지켜보았다. 그는 눈으로 보지도 않고 정확한 양의 밥 덩어리를 집어서 순식간에 동그랗게 뭉쳐내 고추냉이와 생선살을 올렸다. 빠르고 정확한 손놀림이었다. 그 사람이 만든 초밥들은 기계로 찍어낸 것처럼 하나같이 모양과 무게가 일정했다.

"선배, 어떻게 보지도 않고 똑같은 초밥을 만들 수 있는 거예요?"
"아, 그거? 밥 덩어리를 매일 갖고 다녔거든."
"네?"
"밥 덩어리를 비닐랩으로 감싸서 항상 손에 쥐고 다녔어. 밥의 양과 무게의 감각을 손에 익힐 때까지 매일매일. 그래서 이제는 안 보고도 알 수 있는 거야."

어떤 분야에서든지 오랜 시간에 걸쳐 노력한 사람들은 존경스럽다. 평소 태도부터가 다르다. 아무나 쉽게 따라 할 수 없는 내공을 가졌다. 저절로 생기는 실력은 없다. 열심히 공들여 이뤄낸 것이야말로 진짜 빛이 난다.

STRASBOURG
PRAGUE

좁을수록
깊어지는 것

'사람과의 관계는 하나의 식물을 기르는 것과 같다'는 말을 들은 적이 있다. 한동안 인간관계에 회의감이 들었던 적이 있었다. 아는 사람이 많고 인맥이 넓어야지만 성공한 삶이라고 여기기도 했다. 하지만 얇고 넓게 퍼진 인맥은 허탈할 정도로 쉽게 끊어졌다. 손쓸 새도 없이 흐물흐물해져 버리곤 했다.

살면서 인간관계는 자연스럽게 정리가 됐다. 시간이 지나면 지날수록 점점 더 좁아졌다. 중요한 건 내 울타리 안에 있는 사람들과 얼마나 더 단단하게 이어지느냐다. 좁은 대신 그만큼 더 깊어질 수 있다는 것.

나 또한, 어딘가에서
안부를 묻는 그들에게
조금이나마
힘이 되는 존재이기를

많지는 않아도 앞으로 계속 깊은 사이로 이어질 수 있는 사람들이 있다는 것, 나를 향한 그들의 애정과 배려를 느낄 수 있어 따뜻한 마음이 가득 차오른다.

나 또한, 어딘가에서 안부를 묻는 그들에게 조금이나마 힘이 되는 존재이기를.

부족함이
있기 마련이다

군대 간 남자친구를 기다리며 고무신을 신고 있던 시절, 사라 폴리 감독의 영화 '우리도 사랑일까(Take This Waltz)'를 보았다. 다정한 남편과 함께 평범한 일상을 보내던 주인공이 어느 날 이웃집에 이사 온 낯선 남자에게 이끌려 갈등하게 되는 이야기다. 오래된 사랑의 익숙함과 새로운 사랑의 설렘. 충돌되는 두 가지 마음을 주인공의 감정선을 통해 섬세하게 그려내는 동시에, 사랑이란 어떠한 것인지에 대해 가감 없이 솔직하게 보여준다. 선배가 무슨 의미로 추천해준 건지는 모르겠지만, 영화를 보고 난 후 내 감상은 딱 한 줄로 정리됐다.

'새 신은 헌 신이 되기 마련이고, 헌 신도 새 신이었다.'

누군가를 사랑하는 것은 일정한 유효기간이 있다고 한다. 처음엔 누구나 사랑하는 상대에 빠져 펄펄 끓는 열병을 앓다가도, 시간이 지나면 지날수록 그 온도가 서서히 식어가

새것도

결국엔 낡는다

면서 권태를 느끼게 된다고. 사람들은 그 사실을 알면서도 또다시 새로운 사랑을 하고 싶어 한다. 지금 내 눈앞에 보이는 사람과의 사랑은 절대로 식지 않을 것처럼, 이전까지의 사랑들과는 다를 거라 굳게 믿으면서. 또다시 마음을 끓일 준비를 시작한다.

새것도 결국엔 낡는다. 새로운 건 시간이 지날수록 점차 익숙해지고, 새로운 건 더는 새로운 것이 아니게 된다. 새 신은 언젠가 반드시 헌 신이 되는 것. 그건 절대 변하지 않는 사실이다. 나에게 가장 잘 맞고 편한 신발을 만났다면 그것으로 만족하는 것이 낫지 않을까.

"인생에는 부족함이 있기 마련이다. 그것들을 일일이 다 메우면서 살아갈 순 없다."

이별의
레퍼토리

사랑이 전부라고 믿던 시절, 친구 S가 처음으로 사귀던 남자친구와 이별을 했다. 그녀의 상황이 너무도 분하고 속상했다. 나도 모르게 흥분해서 그 남자를 마구 질책하기 시작했다.

"그 사람이 잘못한 거잖아. 진짜 너무한 거 아니야?"

왠지 처음부터 마음에 안 내켰다고, 근거도 없는 험담을 늘어놓았다. 그럴수록 S의 표정은 점점 더 일그러져만 갔다.

카페에 앉아 주문한 커피와 와플이 나왔지만, S는 한 입도 손대지 않았다. 입맛이 있을 리가 없었다.

"차라리 잘됐어. 앞으로 더 좋은 사람 만날 거야. 네가 그 남자보다 백 배, 아니 천 배는 더 행복해질 거야!"

주문한 커피와
와플이 나왔지만,
S는 한 입도
손대지 않았다

무슨 타로 점쟁이라도 되는양 친구의 앞날을 꽃길로 포장해보려 버둥댔다.

S의 눈에서 눈물이 또르륵 떨어져 내렸다. 맙소사, 괜한 말을 해서 울렸나보다 싶었다. 당장 휴지를 한 뭉치 가져와서 건넸다. 그녀는 소리내어 엉엉 울기 시작했다. 이윽고 조금 진정이 된 S는 코를 훌쩍거리면서 웅얼거렸다.

"그래도 그 사람 좋은 사람이었어. 나쁜 사람은 아니야."
"… 뭐?"
"앞으로 그 사람보다 더 좋은 사람 못 만나면 어쩌지?"

그리고는 다시 울기 시작했다. 가엾은 내 친구. 더 할 말이 생각나지 않아서 멍하니 S를 바라봤다. 그렇게 한동안 울던 그녀는 다시 눈물을 꾸역꾸역 삼키고는 물었다.

"근데… 나 못생겼어?"
"… 어?"

"내가 뭐가 문제였을까?"
"너 잘못한 거 없어. 그리고 지금 충분히 예뻐."

"아무래도 나 어디라도 고칠까봐."
"아, 그게 아니라구우!"

시간이 지나면서 알게 됐다. 원치 않는 이별을 한 뒤에는 누구나 이와 비슷한 레퍼토리를 거치게 된다는 것을. 슬퍼하다가 미워하고, 원망하다가 화를 내고, 그러다 자신을 자책하고, 반성하고 후회도 하고, 끝없이 절망하다가 이내 다시 슬퍼지는, 이런 괴롭고 고통스러운 과정을 쳇바퀴 돌듯이 매일매일 반복해야만 했다. 게다가 왜 내가 더 아파야하는지 이해할 수 없는 억울한 기분까지 덤으로 얹힌 채

스스로가
처절하게 부딪치고 나서야
비로소 회복될 수 있었다

로 말이다.

쳇바퀴 속에 갇히는 동안에는 어떤 것도 위로가 되지 못했다. 그를 실컷 욕해도 풀리지 않고, 오히려 잘된 일이라고 자기합리화를 해봐도 소용이 없었다. 아무리 좋은 곳에 가도, 아무리 맛있는 음식을 앞에 가져다 놓아도 의미가 없었다. 그 사람이 이제 내 곁에 없으니까. 이 모든 과정을 스스로가 처절하게 부딪치고 나서야 비로소 회복될 수 있었다.

나랑
눈사람 만들래

몇 년 전, 월트디즈니에서 만든 영화 '겨울왕국'이 개봉했다. 나이가 들어서도 디즈니라면 눈에 불을 켜는 나는 친구를 졸라서 곧장 영화관으로 향했다. 이번에는 또 어떤 재밌고 감동적인 이야기일까. 설레는 마음으로 영화를 보는데 내내 동생 생각만 났다. 엘사와 안나의 모습이 마치 우리의 어린 시절을 그대로 옮겨 놓은 것 같았다. 안나가 엘사와 놀고 싶어서 방문을 두드리며 'Do you want to build a snowman?'을 부르는 장면에서는 결국 청승맞게 울어버렸다. 만화영화를 보다가 훌쩍훌쩍 우는 내 모습을 본 친구는 적잖이 당황했을 거다.

엔딩크레딧이 다 올라간 뒤에도 여운은 가시지 않았다. 나는 흥분한 상태로 집에 돌아와서는 동생한테 영화 얘기를 했고, 둘이서 다시 '겨울왕국'을 보러 갔다. 그리곤 풀이 죽은 안나의 "Okay, Bye…" 장면에서 나는 또 한 번 울어버렸다. 옆을 보니 동생도 휴지를 한 움큼 들고 있었다.

수없이 거절당하는
시간이 있었음에도
불구하고

당차게
자기 삶을
살았고

맞벌이 부모님 밑에서 자란 우리는 어릴 때 항상 잘 붙어 놀았다. 제일 많이 했던 놀이는 인형 놀이였는데, 예쁘고 늘씬한 인형들에게 반짝반짝한 드레스를 입히고 머리를 손질해주고 우리들만의 상황극을 펼치곤 했다. 상황극은 단순유치하기 짝이 없었다. 화려하게 차려입은 여자들이 카페에 가서 수다를 떨고, 누군가 파티를 연다고 하면 놀러 가서 춤을 추고, 훌쩍 여행을 떠나는 등, 한마디로 호화로운 인생극장이다. 그게 그렇게나 재밌었다. 우리는 매일같이 '부자 백수 언니들의 단막극'을 찍으면서 까르르 웃어대고 데굴데굴 굴렀다.

언젠가부터 인형 놀이는 젖혀둔 채 컴퓨터 속 세상을 알아가는 데에 몰두했다. 그사이 많고 많던 인형들은 바구니에 쌓인 채로 방치되었고, 이후엔 베란다 구석으로, 좀 더 시간이 지난 뒤엔 꽃동네로 보내졌다.

형제나 자매가 있는 집들은 대부분 겪는 일이라고 하지만, 그때를 떠올리면 아직도 동생에게 미안한 마음이 남아있다. 함께 하는 시간이 많았다면, 힘든 가정환경의 변화를 겪으면서 각자 방황하던 시간을 조금은 덜어낼 수 있지 않았을까. 우리 둘 사이를 채우는 무언가가 조금은 더 빼곡해질 수 있었을지도 모르겠다.

온종일 유일하게 믿고 의지하는 사람인데, 잘 놀아주지 않고 다른 일에만 몰두하는 언니가 밉거나 원망스럽진 않았을까? 그렇지만 '겨울왕국'의 안나도, 동생도 그러지 않았다. 수없이 거절당하는 시간이 있었음에도 불구하고 당차게 자기 삶을 살아나갔고, 계속해서 언니를 믿고 잘 따라줬다.

미우나 고우나 힘들 때 마지막까지 내 곁에 있어 주는 건 가족이고, 그중에서도 동생은 오랜 시간을 공유하고 나눠 온 사이다. 밥도 같이 먹고, 옷도 같이 입고, 목욕도 같이했다. 서로 깔깔대며 웃기도 하다가 평생 안 볼 것처럼 싸우기도 하면서 수많은 순간을 함께 보내온 존재다.

오는 겨울에는 꼭 동생이랑 올라프를 닮은 귀여운 눈사람을 만들어야겠다.

수많은 순간들을

함께 보내온 존재다

지금
충분히
잘하고 있어

친구 M이 지인한테 아주 용하다는 곳을 소개받았다며 인천 어느 구석진 동네에 있는 사주 집을 찾아갔다. 그런데 사주 집의 외관이 생각보다 허름해 '여기 정말 유명한 곳 맞나?' 하는 의심이 들었다. 이왕 여기까지 온 거 일단 들어가보기로 하고 조심스럽게 문을 열었다.

막상 안으로 들어가서 자리를 잡고 앉아있으니 긴장이 되고 입이 바싹바싹 마르기 시작했다. '에이, 사주가 별건가. 뭐.' 그런 마음으로 왔는데 슬슬 긴장이 되었다. 혹시라도 이상한 얘기가 나오면 어쩌지, 내년 운세가 안 좋으면, 연애운도 없다고 하면 어떡하지? 별별 고민거리들이 머릿속에서 정신없이 뛰어다니기 시작했다.

각자의 이름과 생년월일, 태어난 시를 말하고 한 시간가량 사주 풀이를 들었다. 다행스럽게도 특별히 마음에 걸릴만한 이야기는 없었다. M도 마찬가지였다. 그녀의 표정을 보니 본인이 원하는 대답을 들은 듯했다. 부쩍 고민이 많아 보였던 M은 역시 보러 오길 잘했다고, 이제야 안심이 된다면서 배시시 웃어 보였다.

"아, 속 시원하다. 우리 이제 맛있는 거 먹으러 갈까?"

M의 밝아진 표정을 보자 어쩌면 그녀가 듣고 싶었던 말은 이미 예전부터 정해져 있었던 걸지도 모르겠다는 생각이 들었다. 미래는 매번 불안하고 불투명하지만, 그 속에서 우리가 진정 필요한 건 선명한 미래가 아닐지도 모른다고 생각했다.

'지금 충분히 잘하고 있어.'

그녀, 아니 우리는 단지 이 한마디가 듣고 싶은 거였다.

지금 충분히 잘하고 있어

진정한
파라다이스

오랫동안 근무하던 회사를 그만둔 친구 N이 유럽여행을 다녀왔다. 하루하루 바쁜 일상에 치여 허덕일 때마다 그녀가 항상 꿈꿔오던 여행이었다.
2주에 걸쳐 프랑스와 스위스, 독일, 오스트리아, 이탈리아까지 총 5개국을 돌고 오는 여정이었다. 여행을 다니는 동안 N은 종종 우리에게 안부를 전했다. 친구들이 모여 있는 단체 문자 방에다 파리의 에펠탑을 시작으로 루체른의 호수, 독일의 맥주, 할슈타트의 백조, 로마의 트레비 분수 등 각 나라의 아름답고 멋진 풍경 사진을 보내줬다. 어느덧 여행패키지 사람들과도 친해져서 잘 어울리는 것 같았고, 그런 그녀가 행복해보였다.

N이 한국에 돌아오던 날, 아직 시차 적응도 안 되었을 텐데 빨리 기념품을 주고 싶다면서 만나자고 연락이 왔다. 우리는 바로 다음 날 동네 카페로 모였고, 그녀는 유럽에서 사 온 초콜릿, 냉장고 자석, 핸드크림을 주섬주섬 테이

블에 꺼내놓으면서 이렇게 말했다.

“너희가 정말 보고 싶었어.”
“여행 별로였어? 안 좋은 일이 있었던 거야?”
“좋았지. 그런데 뭔가 허전했어. 너네랑 갔으면 훨씬 좋았을 텐데.”

그 말을 듣고 보니 그랬다. 혼자 하는 여행도 좋긴 했지만, 이왕이면 둘이 하면 더 좋고, 셋이 하면 더 즐거운 게 사실이었다. 일상 속에서도 감탄사가 절로 나오는 황홀한 경치를 보고 있을 때나, 맛있는 음식을 먹고 있을 때면 사랑하는 사람들이 절로 떠올랐다.

프랑스 작가 베르나르 베르베르의 소설 ‘신’에 나오는 한 구절 중에 “진정한 낙원은 장소가 아니라 의식에 따라 결정된다”라는 말이 있다. 끝없이 펼쳐진 에메랄드빛 바다가

뭔가 허전했어.

너네랑 갔으면

훨씬 좋았을 텐데

아른아른 넘실거리고, 태양은 따사로이 모래밭을 비추고, 부드러운 바람이 불어 야자수 나무들이 살랑살랑 춤을 추는 데다, 향기로운 음료와 달콤한 과일들이 넘쳐나는 곳. 만약 이곳에 영원히 혼자 있어야 하는 거라면, 과연 행복할 수 있을까?

아무리 좋은 곳이어도, 아무리 맛있는 음식이라도, 누구와 함께하느냐에 따라 기분과 만족감은 하늘과 땅의 차이만큼 달라진다. 회사 직원들과 값비싼 레스토랑에서 코스요리를 먹을 때보다, 친구들과 동네 분식집에서 떡볶이를 먹을 때가 훨씬 더 행복하니까. 나의 파라다이스는 생각보다 가까운 곳에 있었다.

난
외로운 사람이
아니야

"온종일 구름만 흐리겠습니다"라는 일기예보를 보았는데, 갑자기 빗방울이 하나둘씩 떨어지기 시작했다. 빗방울은 점점 더 거세지고 있었다. 별수 없이 근처에 보이는 편의점에 들러 비닐우산을 사들었다.

한때 굉장히 외로운 사람이라고 생각했다. 사람들을 만나 실컷 웃고 떠들다가도 집에 돌아오면 모든 게 허무해져서, 흐물흐물 풀려버린 다리처럼 마음이 힘없이 내려앉는 날들이 있었다. 채우려 해도 채워지지 않는 느낌이랄까. 무리에 온전하게 섞이지 못한 채, 주위를 배회하면서 겉에서만 맴도는 듯한 기분이 반복되었다.

세상에 내 얘기를 들어줄 사람은 없는 건가. 내 마음을 알아주는 내 편은 어디에도 존재하지 않는 것일까. 그런 생각들이 머릿속에 가득 차 있었다. 잿빛 같은 생각들은 밤마다 나를 힘들게 하곤 했다.

나는 결코

혼자가

아니었다

상점들이 길게 늘어선 보도블록 위를 비척비척 걷고 있는데, 어느 가게 앞에 작은 우산이 펼쳐져 있고 그 아래에 사료가 담긴 그릇이 놓여있었다. 길고양이의 저녁밥이 비에 젖을까 봐 우산을 씌워둔 모양이었다.

아! 내가 자신을 외로운 사람으로 만들고 있었구나. 갑자기 부끄러운 마음이 쏟아져 내렸다. 자신을 지켜보는 것만으로도 힘겹고 버거워서 주변에 있는 사람들이 미처 눈에 보이지 않았던 것이었다. 나는 결코 혼자가 아니었다.

두 손을 포개어
마주 잡았다

엄마가 간단한 수술을 받을 일이 있어 병원에 갔다. 준비를 다 마친 엄마가 수술실로 들어가고, 잠깐 차를 마시러 병원 로비로 나왔다. 크리스마스 시즌이라 로비 한가운데에는 큼지막한 트리가 놓여 있고, 바로 옆 벽면에는 사람들의 소원을 적은 메모지가 빼곡하게 붙어 있었다.

"엄마가 빨리 낫게 해주세요."
"빨리 퇴원해서 가족들 다 같이 놀러 갔으면 좋겠어요."
"부디 며느리가 암이 아니길 바랍니다."
"우리 아이 수술이 잘 될 수 있도록 도와주세요."

모두 같은 바람을 담고 있었다. 절실한 마음이 배어있는 종이를 바라보고 있자니, 우두커니 서 있는 크리스마스트리에서 엄숙하고도 숙연한 분위기가 감도는 듯했다.

간단한 수술이긴 해도 끝날 때까지 기다리는 시간은 하염없이 길고 숨 쉴 틈 없이 초조했다.

저번에 봤던 그 가방이 갖고 싶다, 지인이 다녀온 휴양지에 가고 싶다, 돈이 좀 더 많았으면 좋겠다, 살이 더 빠지고 예뻐졌으면 좋겠다 등 평소에 그 많고 많던 욕심과 바람들이 병원에 있으면 다 거르고 걸러져서 딱 한 가지만 남았다. 내 사람들이 항상 아프지 않고 건강했으면 좋겠다고. 다른 건 다 필요 없으니까 그것만 있으면 된다고. 오늘도 무사해서 참 다행이라고. 한층 겸손해진 마음으로 감사함을 되새기게 된다.

얼마나 지났을까, 엄마가 수술을 잘 마치고 회복실로 돌아왔다는 간호사의 연락을 받았다. 커피를 다 마신 종이컵을 내려놓고, 두 손을 포개어 마주 잡았다. 그리곤 가슴 속으로 나지막이 속삭였다.

"오늘도 무사해서 감사합니다."

한층 겸손해진 마음으로 감사함을 되새기게 된다

갑자기 눈물이 흐르기 시작했다

뚜렷하게 믿는 종교가 없지만, 기도를 했던 건 외할머니 때문이었다. 중환자실에 있는 할머니를 보고 온 지 얼마 되지 않은 날이었다. 무더위가 채 가시지 않은 여름의 끝자락, 엄마와 강화에 있는 보문사를 찾아갔다. 마지막일지도 모른다는 절박함으로 계단을 오르고 올라 마애불에 다다랐다.

바위에 새겨진 커다란 마애불을 보자 알 수 없는 묵직한 기운이 전해졌다. 땀으로 범벅이 된 두 손을 마주 잡고 절을 시작했다. 합장하고, 무릎을 꿇고, 고개를 숙였다. 그리고 다시 또 일어나서 합장을 하고, 무릎을 꿇고, 고개를 숙였다. 숨을 죽이고 천천히 두 손을 모았다.

"할머니를 지켜주세요. 아직은 보내드릴 수 없어요. 제발 부탁드립니다."
하나하나 정성스럽게 고른 단어들을 나지막한 소리로 속

그때, 갑자기

눈물이 흐르기

시작했다

삭였다. 첫 번째 절을 할 때도, 두 번째 그리고 세 번째도. 내내 할머니를 생각하면서 기도했다. 그때, 갑자기 눈물이 흐르기 시작했다. 처음엔 울고 있는지도 알아채지 못했는데 눈물이 두 뺨을 흥건하게 뒤덮고 있었다. 땀인지 눈물인지 분간이 되지 않는 축축한 얼굴로, 계속해서 기도를 이어나갔다.

산에서 내려왔을 때, 처음 느껴보는 기묘한 기분에 사로잡혔다. 뭐랄까, 몸과 마음에 들러붙어 있던 무언가를 구석구석 털어낸 기분이었다. 내 안의 그릇 속에서 넘칠 듯 차올랐던 위태롭고 불안정했던 감정들이 모조리 쏟아져 나간 것 같았다. 왠지 모르게 몸도 한결 가벼워졌다.

꿈에 할머니가 나왔다. 예전처럼 몸도 건강하고 정신도 말짱해진 할머니는, 집에 와서 쉬지 않고 집안일을 했다. 그러자 약간의 피로감이 몰려왔는지 낮잠을 자러 작은방으로 들어갔다. 얼마나 지났을까, 부엌에서 차를 마시려는데 방에서 나온 할머니가 어린아이처럼 울먹이고 있었다. 할머니는 눈물이 가득 고인 눈으로 나를 바라보며 말했다.

“에구, 내가 그만 깜빡 졸았구나. 미안혀다, 미안혀.”

며칠 후, 놀랍게도 할머니가 중환자실에서 일반병실로 옮겨졌다는 소식을 들었다. 가슴 속에 걸려있던 응어리가 사르르 녹아내렸다. 한편으론 기도가 통한 걸까 싶었다. 나는 두 손을 가지런히 모으고 하늘을 향해 속삭였다.

‘거기 계신 분이 누구인진 모르겠지만 정말 감사드립니다. 진짜 착하게 열심히 살게요. 정말, 정말로 감사합니다.’

두 손을 가지런히 모으고

하늘을 향해 속삭였다

나누고 싶은 대화는 넘쳐났으니까

직장 동료였던 H는 알고 보니 같은 대학을 나온 후배였다. 게다가 좋아하는 음식이나 관심사도 비슷하고, 말도 잘 통해 금세 친해졌다. 한 가지 다른 점이 있었다면 여행에 대한 호불호였다.

나는 시간만 나면 여행을 가려 했고, 이왕이면 먼 곳으로 떠나고 싶어 했다. 반면에 H는 굳이 모험을 즐기고 싶어 하지 않는 타입이었다. 오히려 집 안에서 조용히 머무는 것을 선호했다. 단지 취향의 문제라고 생각했다. 그래서 굳이 그녀에게 여행을 떠나보라고 권유하거나, 나의 여행담을 세세하게 털어놓거나 하지는 않았다. 여행이 주제가 아니더라도 우리가 공유할 관심사는 많았고 나누고 싶은 대화는 넘쳐났으니까.

각자의 사정으로 첫 직장을 나오게 된 후 H는 바로 다른 회사로 이직을 했고, 나는 어김없이 여행을 떠났다. 그렇

공유할 관심사는
많았고
나누고 싶은 대화는
넘쳐났으니까

게 몇 차례의 계절이 지난 뒤 오랜만에 약속을 잡고 만났다. 카페에서 H는 놀라운 얘기를 털어놨다. 최근에 대만으로 여행을 다녀왔다는 것이다. 더욱 놀라운 것은 대만에서 친구의 소개로 알게 된 현지인 남성과 '썸'까지 타고 있다는 것!
그 남자의 적극적인 애정 공세(?) 덕분에 둘은 국경을 초월한 연인 사이가 됐다. 더 놀라운 건, 그는 한국어를 모르고 H는 중국어를 몰라서 대화할 때 오로지 영어로만 소통했다고 한다. 아는 영어실력을 최대한 발휘해 이 단어 저 단어를 동원해 더듬더듬 말을 이어나가고, 결국엔 서로의 마음을 주고받으며 확인하게 된 것이다.

아, 얼마나 로맨틱한 일인가! 영화 '러브액츄얼리'에서 콜린퍼스가 사랑하는 사람을 위해 포르투갈어를 배워 청혼하는 장면이 떠올랐다. 이와 비슷한 두 사람의 모습을 보니, 사랑은 꼭 눈으로 보고 귀로 듣지 않아도 충분히 전해질 수 있다는 걸 새삼 느꼈다.

이후로도 H는 몇 차례 대만으로 여행을 떠났고, 어느덧 영어로 웬만한 의사소통은 거뜬히 해낼 수 있게 되었다. 그러던 어느 날, 그녀가 다니던 직장을 그만두고 잠시 쉴 계획이라고 했다. 그리곤 또다시 내게 충격적인 발언을 터트렸다.

"언니, 나 직장 그만두면 한동안 독일에 있을 거예요."
"독일? 그 사람이랑 가는 거야?"
"아니, 나 혼자."
"그 먼 곳에 혼자서 간다고? 말도 안 돼!"
놀라지 않을 수 없었다. 처음 만났을 땐 여행의 '여'자도 꺼내지 않던 H가 여행을 간다고 하다니. 게다가 가까운 곳도 아니고 머나먼 유럽으로! 그것도 누구의 도움도 없이 혼자서! 예전 같았으면 상상조차 할 수 없는 일이었다. 하

진심으로

대단했고

멋있었다

지만 정말로 H는 독일로 떠났다. 그곳에서 자그마치 몇 달을 머물렀다. 자세한 사정까진 일일이 다 알지 못했지만, 그녀는 나름 씩씩하게 지내다 무사히 여행을 마치고 돌아왔다.
H는 직접 떠나보니 왜 사람들이 여행을 떠나는지 알 것 같다고 말했다. 확실히 많은 생각이 바뀌었다고 했고, 책을 쓸 거라고 했다. 먼저 대만에 대한 이야기로, 그 다음엔 독일에 대한 이야기로 쓸 거라고. H를 보면서 한 편의 자서전을 읽는 기분이 들었다.

그해 여름, 그녀는 책을 썼다. 자신만의 소중한 기록들을 담아내 독립출판물을 만들었다. 둘만의 조촐한 출간기념회도 열고, 그녀의 땀과 노력이 깃들어있는 작품을 보면서 감동했다. 진심으로, 대단했고 기특했고 멋있었다. 그런 H가 나를 보면서 말했다.
"이제는 언니 이야기도 들려줘요. 언니도 할 수 있어요."

처음에는 '에이, 무슨 소리야.' 하면서 흘려들었는데, 그해 겨울에 나도 이십대를 돌아보는 이야기를 쓰게 되었다.

그동안의 시간을 훑어보고 곱씹어볼수록 온통 신기하고 놀라운 일이었다. 모든 일은 아주 사소한 것에서부터 비롯되었고, 결과적으로 큰 변화를 가져다주었다. 어릴 때 배웠던 '모든 순간이 꽃봉오리'라는 말이 이제야 제대로 실감이 났다. 순간순간이 모여서 내가 만들어진다더니, 그게 정말로 맞는 거였다.

시간의 힘이
얼마나 대단한지

영화감독 중에 고레에다 히로카즈를 좋아하게 되었다. 지난해 여름, 지인의 추천으로 '바닷마을 다이어리'를 보게 됐을 때부터였다. 작은 바다 마을에 사는 세 자매가 아버지의 장례식에서 만난 이복동생 스즈와 함께 살게 되면서 그들이 점차 한 가족이 되어가는 이야기다. 영화가 끝나자마자 '이 감독 멋있잖아, 굉장한 사람이다!' 하고 감탄했다.

고레에다 감독은 주변에서 흔히 볼 수 있는 가족 문제를 차분하고 담담하게 펼쳐내었다. 무엇보다도 조금은 불편하고, 다소 무거울 수 있는 이야기를 아름답게 풀어낼 사람이 또 있을까 싶었다. 다른 건 몰라도 가족이라는 것에 대해 매우 소중하게 생각하는 사람이라는 건 확실하게 느껴졌다.

그날 이후로 그의 영화 '그렇게 아버지가 된다', '걸어도 걸어도', '태풍이 지나가고', '진짜로 일어날지도 몰라 기적'

연신 고개를
끄덕일 수밖에
없었다

까지 연달아 보고야 말았다. 이중에서 '걸어도 걸어도'는 최근에 책으로도 나와서 서점에서 보자마자 덥석 집어왔다. 두근거리는 마음으로 책을 펼쳤더니 맨 앞장에 감독의 말이 짤막하게 적혀있었다. 나는 연신 고개를 끄덕일 수밖에 없었다.

"안녕하세요. 영화감독 고레에다 히로카즈입니다. 이들 작품은 어머니를 잃은 슬픔을 극복하기 위해 쓰기 시작했습니다. 거기엔 저 자신이 처음 '아버지'가 되면서 느낀 감회와 때때로 당혹스럽기도 했던 심정까지 담겨 있습니다. 이런 제 분신과도 같은 두 작품을 읽어 주신다면, 대단히 기쁘겠습니다."

그의 작품에서 진정성이 느껴졌다. 힘든 일을 겪으면서 그가 보냈을 힘겨운 시간, 이를 극복하기 위해 써 내려간 이야기들. 그렇게 탄생한 작품들이었기에 보다 깊은 감동과

시간의 힘이
얼마나 대단한지에 대해
자연스레 깨닫게 되었다

진심이라는 건

역시 통하게 되어있다

잔잔한 여운이 느껴졌다. 사실을 알고 나니 작품들 하나하나에 그의 경험이 은은하게 스며들어있는 게 보였다. 등장인물의 대사 한마디마다 순도 높은 진심이 느껴졌고 내 마음을 강하게 울렸다.

그의 작품들을 보며 삶을 살아가는 데 있어 가족이란 존재가 얼마나 소중한지, 시간의 힘이 얼마나 대단한지에 대해 자연스레 깨닫게 되었다. 어느새 고레에다 감독의 팬이 되어버린 나 자신도 발견할 수 있었다. 진심이라는 건 역시 통하게 되어있다.

서툴고, 어설프고,
어려울 때

이번 생에 '언니'는 처음이라, 서툴고 어설프고 어려울 때가 많았다. 한창 동생이 사춘기를 겪던 시절, 인생 최고의 난제에 빠졌다. 동생을 다그치고 훈계해야 하는 부모님과 자신의 마음에 공감해주고 위로해주길 바라는 동생 중 어느 편에 서야 좋을지 막막했다.

부모님 편만 들자니 "언니도 다 똑같아, 내 편은 아무도 없어!" 하고 동생이 상처 입을 것 같았고, 동생 편만 들자니 그걸 방패 삼아 더 삐뚤어지진 않을지 혹은 "너는 언니가 돼서 똑같이 그러면 어떻게 하냐." 하고 부모님에게 걱정거리를 얹어주게 될까 봐 혼란스러웠다.

고민 끝에 '반반 요법'을 택하기로 했다. 반은 부모님 편, 반은 동생 편. 그렇게 중립의 입장을 유지하는 게 최선이라 여겼다. 부모님하고 같이 있을 땐 동생 편을 들다가도, 동생하고 단둘이 있을 땐 앞으론 이렇게 좀 하라고 쓴소리를 섞어가며 얘기해줬다. 가끔은 반대로 부모님이 훈계할 때 옆에서 같이 거들다가도, 자기 전엔 동생하고 방 안에 누워서 "맞아, 이건 엄마가 좀 너무하긴 했어." 하고 맞장구를 쳤다.
대체 어떤 언니가 좋은 언니인지, 부모님이 바라는 모범적인 장녀의 모습과 동생이 바라는 이상적인 언니의 모습을 둘 다 갖추는 게 가능한 일인지, 아직 잘 모르겠다.
요즘에는 모든 게 귀찮아져서 모든 문제를 제 삼자의 입장으로 방관하는 모습이 불쑥 등장하기도 한다. 엄마가 당신 대신 내가 동생을 나무랐으면 할 때도, 동생이 이 문제만큼은 자기편을 들어주길 바랄 때도, 과부하로 멈춰버린 기계처럼 "아, 몰라. 알아서들 해." 하고는 그냥 못난 딸이자 언니가 되어버린다. 그리곤 속으로 이렇게 다짐한다.

'다음 생에는 꼭 막내로 태어나고 말테야!'

서툴고

어설프고

어려울 때가

많다

한결같이
새겨진 한마디

행복한 죽음을 주제로 글을 쓴 적이 있다. 취재를 위해 죽음을 미리 간접적으로 경험해볼 수 있는 임종체험센터를 찾아갔다. 오늘 죽는다는 가정하에 여러 가지 체험을 하면서 그동안의 삶을 되돌아보는 시간을 가졌다. 영정사진을 찍은 뒤 자신의 유서를 써보고, 삼베로 만든 수의를 입고 관에 직접 들어가 누워보는 체험을 했다.

인상 깊었던 건 유서를 쓰고 낭독하는 시간이었다. 어둑어둑한 조명이 깔린 실내에는 각자의 테이블마다 작은 촛불이 밝혀져 있고, 유서를 쓸 종이와 펜이 가지런히 놓여있었다. 유서를 낭독했는데, 글을 한 줄, 한 줄 읽어 내려갈수록 목소리가 가늘게 떨리고 눈빛은 서글퍼졌다. 감정이 벅차올라 눈물을 왈칵 쏟기도 했다. 여기저기서 코를 훌쩍거리는 소리가 들려왔다.

유서 내용은 거의 비슷비슷했다. 그리고 마지막에는 한결

같은 한마디가 새겨져 있었다.

“자주 말하진 못했지만, 사랑합니다.”

마지막 순간에 가장 하고 싶은 말은 사랑하는 사람에게 사랑한다고 하는 것, 그것뿐이었다. 그렇지만 사람들은 일상에 치여 사는 게 바쁘다는 핑계로 사랑한다는 말은커녕 사랑하는 사람의 얼굴조차 제대로 쳐다보는 일도 드물었다. 그러다 어느 날 갑자기 깨닫는다. ‘언제 이렇게 세월이 흘러가 버린 걸까?’ 하고 말이다.

나무로 짠 관은 생각했던 것보다 작았다. 성인 한 명이 두 팔을 빳빳하게 내려 차렷 자세를 해야 겨우 누울 수 있을 정도. 삶의 마지막에 다다르면 조그만 상자 안에 누워 작은 먼지가 된다. 고작 그것뿐이다.

지금, 제대로

살아가고 있는 게

맞는 걸까

수의 옷에는 주머니가 없다. 죽을 땐 아무것도 가져갈 수 없다는 뜻이다. 지금 제대로 살아가고 있는 게 맞는 걸까? 먼지가 되기 전까지 남아있는 시간을 제대로 잘 쓰고 있는 걸까? 이 정도면 충분했다, 생각하면서 죽음을 맞이할 수 있는 삶을 살아가고 있는 걸까? 그렇다면 진정으로 행복한 인생이란, 행복한 죽음으로 마무리되는 것이라고 해야 하지 않을까?

잘 모르겠지만, 일단은 내 사람들에게 사랑한다고 말하는 것부터 시작해야겠다.

Robineggpie

혼자가 익숙하지 못한 사람

펴낸날	초판1쇄 인쇄 2018년 09월 23일
	초판1쇄 발행 2018년 10월 01일
지은이	예슬
펴낸이	최병윤
펴낸곳	알비
출판등록	2013년 7월 24일 제315-2013-000042호
주소	서울시 강서구 화곡로58길 51, 301호
전화	02-334-4045
팩스	02-334-4046
종이	일문지업
인쇄	신한프린트
제본	광우제본

ISBN 979-11-86173-52-7 03810
가격 13,000원

이 도서의 국립중앙도서관 출판예정도서목록(CIP)은 서지정보유통지원시스템 홈페이지(http://seoji.nl.go.kr)와 국가자료공동목록시스템(http://www.nl.go.kr/kolisnet)에서 이용하실 수 있습니다.(CIP제어번호: CIP2018000000)

알비는 리얼북스의 문학, 에세이, 대중예술 브랜드입니다.
독자 여러분의 소중한 원고를 기다립니다(rbbooks@naver.com).